Jürgen Kehrer

Tod im Friedenssaal

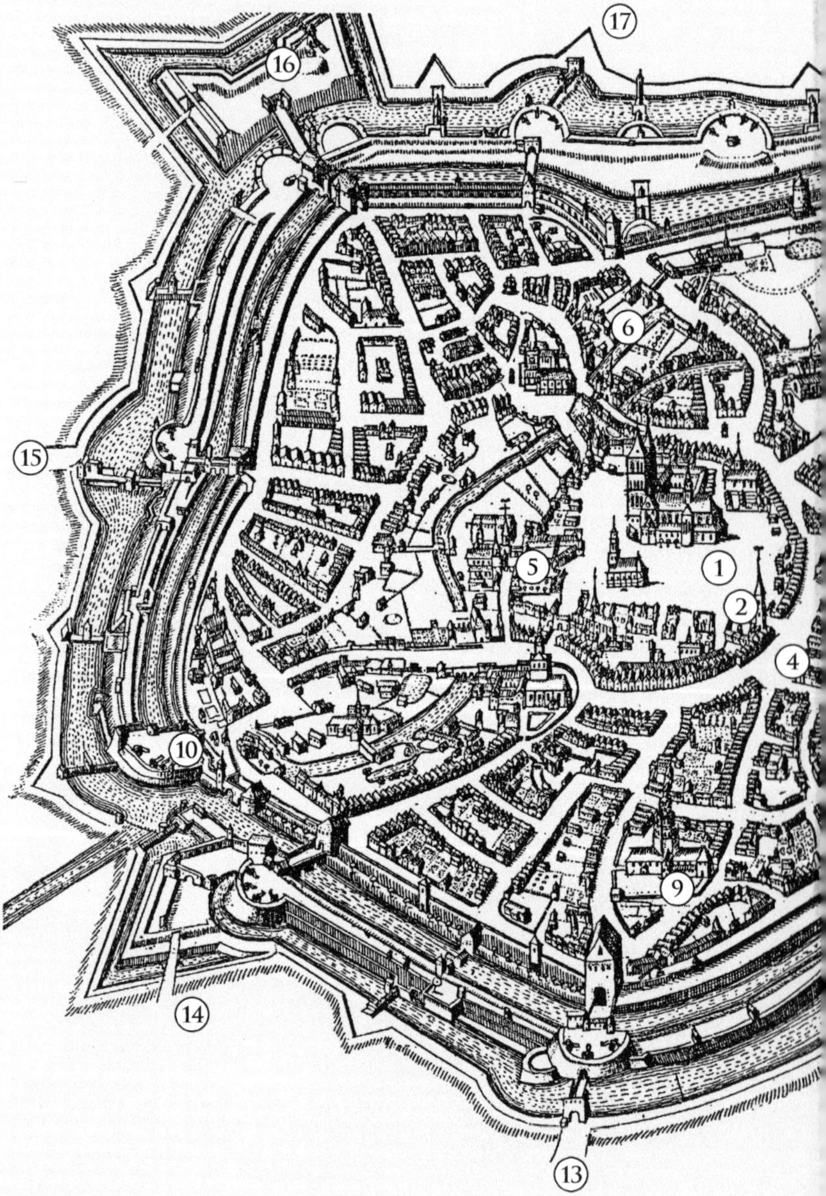
17
16
6
15
5
1
2
4
10
9
14
13

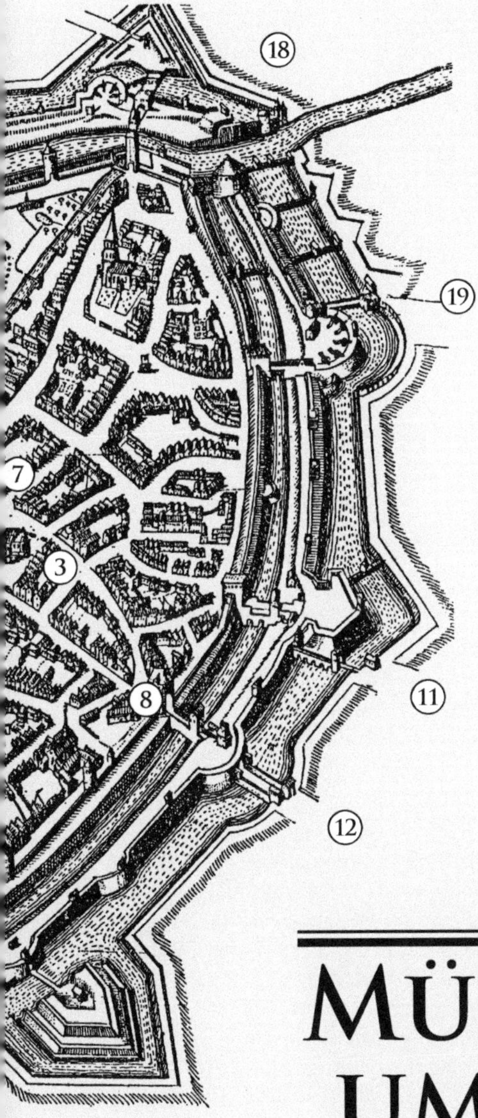


1. Dom und Domplatz
2. Michaelistor
3. Lambertikirche
4. Markt und Rathaus
5. Gymnasium Paulinum und Jesuitenkolleg
6. Observantenkloster
7. Krameramtshaus
8. Niesingturm
9. Ludgerikirche
10. Neuwerk
11. Mauritztor
12. Servatiustor
13. Ludgeritor
14. Ägidientor
15. Liebfrauentor
16. Jüdefelder Tor
17. Kreuztor
18. Neubrückentor
19. Hörstertor

# Münster um 1648

*Zum Autor*
Jürgen Kehrer, geb. 1956, lebt als freiberuflicher Schriftsteller in Münster. Neben zahlreichen Kriminalromanen, von denen bereits zwei verfilmt wurden, hat er Bücher zur Kriminalitätsgeschichte Münsters geschrieben. *Tod im Friedenssaal* ist sein erster historischer Roman. Der zweite Roman mit dem Freigrafen Bernd Ketteler, *Das Geheimnis der Tulpenzwiebel*, ist 1998 erschienen.
Bücher von Jürgen Kehrer bei Waxmann: *Mord in Münster – Kriminalfälle aus fünf Jahrhunderten, Schande von Münster – die Affäre Weigand, Das Geheimnis der Tulpenzwiebel – Freigraf Kettelers zweiter Fall, Mord im Dom – Eine Kriminalgeschichte aus der Zeit Karls des Großen.*
Weitere Kriminalromane sind im grafit Verlag erschienen.

Jürgen Kehrer

# Tod im Friedenssaal

## Eine Kriminalgeschichte aus der Zeit des Westfälischen Friedens

Waxmann
Münster New York München Berlin

Die Deutsche Bibliothek – CIP-Einheitsaufnahme

**Kehrer, Jürgen:**
Tod im Friedenssaal : eine Kriminalgeschichte aus der Zeit des Westfälischen Friedens / Jürgen Kehrer. – 4. Aufl. – Münster ; New York ; München ; Berlin : Waxmann, 1997
ISBN 3-89325-538-2

5. Auflage 2013

ISBN 3-89325-538-2


Steinfurter Str. 555, 48159 Münster

www.waxman.com
info@waxmann.com

Umschlag: Pleßmann Design, Ascheberg
Titelbild: Blick in den Friedenssaal, um 1848, aquarellierte Zeichnung von Johann Friedrich Lange
Westfälisches Landesmuseum für Kunst und Kulturgeschichte Münster / Dauerleihgabe des Westfälischen Kunstvereins
Satz: Stoddart Satz- und Layoutservice, Münster
Druck: Elanders Waiblingen GmbH, Waiblingen

# Prolog

Der Mann rannte um sein Leben. Er war durchnäßt bis auf die Haut. Doch er spürte weder die Kälte noch die Stichverletzung am Arm, aus der Blut in den bauschigen Hemdsärmel sickerte. Die Angst, die ihn erfüllte, betäubte alle anderen Empfindungen.

Er blieb stehen und schnappte nach Luft. Ein dichter Regenschauer klatschte auf das Pflaster, verschluckte alle Geräusche. Wo war sein Verfolger? Hatte er aufgegeben? War er damit zufrieden, ihn verletzt, gedemütigt zu haben? Nein. Der Flüchtende wußte, daß der Andere ihn umbringen wollte. Ihn umbringen *mußte,* bevor ...

Die Furcht packte ihn erneut. Wie gern würde er sich in einem dieser Häuser verkriechen, hinter deren Fensteröffnungen gelbes Öllicht flackerte. Dort, in den Domkurien, wäre er in Sicherheit. Aber würde man ihn, den Fremden, hineinlassen?

Er rannte weiter, quer über den Domplatz. Nicht weit von hier befand sich das Tor, in dem zwei bewaffnete Männer den Eingang zum Prinzipalmarkt bewachten. In den verwinkelten Gassen der Stadt würde ihn der Andere nicht finden. Er konnte den Morgen abwarten und um Hilfe bitten. Lieber die Schmach erleiden, als elendig abgeschlachtet werden.

Rasselnd ging sein Atem. Er sah den erstaunten Blick in den Augen des Wächters, der mit einer Fackel in der Hand heraustrat. Der Wächter sagte etwas, das er nicht verstand. Der Flüchtende sprach schnell, gestikulierte mit den Händen. Ein paar Tropfen von dem Blut, das den Arm hinuntergelaufen war, spritzten in das Gesicht des Wächters. Erschrocken wich der Fackelträger zurück.

Ein Surren, wie von einer verspäteten Mücke, lag in der Luft. Und dann spürte er einen stechenden Schmerz. Ungläubig blickte er auf den Pfeil, der in seiner Brust steckte. Er versuchte ihn herauszuziehen. Noch als er tot am Boden lag, hielten seine Hände den Schaft umklammert.

Der peitschende Regen schützte die beiden Männer, die sich an die Mauer der Lambertikirche lehnten, vor ungebetenen Zuhörern. Wären sie nicht vornehm gekleidet gewesen, hätte man sie für zwielichtiges Gesindel halten können, das sich nachts in der Stadt herumtrieb.

„Ich weiß nicht", sagte der kleinere der beiden, „ob das richtig ist, was Ihr vorhabt. Bedenkt die Gefahren, die Ihr heraufbeschwört! Der Kurfürst wird toben. Ja, nicht einmal der Kaiser kann das akzeptieren."

„Ihr haltet unseren Plan für gefährlich?" fragte der Große bissig.

„Nun ..."

„Und Ihr habt recht", fuhr der Große hochmütig fort. „Er ist gefährlich. Aber nichts zu tun, ist ebenfalls gefährlich. Es gibt keine günstigere Gelegenheit als die jetzige. Heute regiert Münster sich selbst als freie Stadt. Der Kurfürst ist schwach, der Kaiser weit. Es steht nicht gut um die katholische Sache. Schaut Euch doch um! Überall im Münsterland treiben sich schwedische und hessische Söldner herum. Und welche Grenzen unser gutes Deutschland haben wird, das steht in den Sternen. Darüber streiten sich die hohen Botschafter und Gesandten. In einigen Jahren, wenn der Frieden unterzeichnet ist, wird niemand an den Grenzen rütteln wollen. Und dann holt der Kurfürst zum Schlag gegen Münster aus, er wird uns unsere Rechte und Privilegien wegnehmen, er wird uns auf eine Stufe stellen mit Coesfeld und Warendorf. Wollt Ihr das?"

„Nein, natürlich nicht", sagte der Kleine erschrocken. „Ich meine nur ..."

„Steht Ihr auf unserer Seite oder nicht?" unterbrach ihn der Große drohend.

Regentropfen rannen dem kleineren, gedrungen wirkenden Mann von der Hutkrempe in den Nacken. Er zitterte, nicht nur vor Kälte. „Vielleicht sollten wir den Stadtrat einweihen, zumindest die Bürgermeister. Das würde der Sache mehr Gewicht geben."

Der Große machte eine wegwerfende Handbewegung. „Vergeßt den Stadtrat! Das sind Duckmäuser und Arschkriecher. Habt Ihr vergessen, wie der Stadtrat den Jesuiten auf den Leim gekrochen ist? Nein. Wir müssen die Sache selbst in die Hand nehmen." Er schaute dem Kleinen direkt in die Augen. „Ich baue auf Eure Unterstützung. Enttäuscht mich nicht!"

# Erstes Kapitel

Freigraf Bernd Ketteler betrachtete den Polizeidiener mit der stillen Wut eines Mannes, der um seine verdiente Ruhe gebracht wurde. Er hatte am Abend ein gehöriges Stück Braten vertilgt und dazu etliche Becher Wein gekippt. Jetzt saß er am Kaminfeuer, fühlte sich müde und schwer, und der einzige Gang, den er noch beabsichtigte, war der zu seinem zehn Fuß entfernten Bett. Nichts, aber auch gar nichts verlockte ihn zu einem Marsch durch den Sturm und die Kälte des münsterschen Winters.

Ketteler nahm die Tonpfeife aus dem Mund und paffte eine Tabakwolke in die Luft. „Eine Leiche ist doch nichts Besonderes. Fast jeden Tag liegt eine Leiche herum. Warum behelligst du mich damit?"

„Der Mann ist ermordet worden, Herr Freigraf", sagte der Botmeister.

„Na schön." Ketteler griff zu dem Zinnbecher, der neben seinem Stuhl stand, und nahm einen Schluck Wein. „Er ist also ermordet worden. Auch das kommt vor. Habt ihr den Täter gefaßt?"

„Nein", gab der Botmeister zu.

„Hat ihn vielleicht jemand gesehen? Kennt man seinen Namen?"

„Nein."

„Was soll ich dann, deiner Meinung nach, tun? Es ist dunkel, wie du bemerkt hast. Und bei dem Regen ist es ohnehin schwierig, irgendwelche Spuren zu finden. Der Mörder sitzt längst zu Hause und wärmt sich seine Füße am Kamin.

Schafft die Leiche beiseite! Ich werde sie mir morgen früh ansehen."

Der Botmeister starrte auf seine schmutzigen Stiefel. Es war ihm sichtlich unangenehm, widersprechen zu müssen.

„Der Sergeant hat mir befohlen, Euch zu holen. Es ist nämlich so: Der Sergeant glaubt, daß es sich bei der Leiche um einen Ausländer handelt."

Ketteler rülpste und verschüttete etwas Wein auf sein Wams. Ein Ausländer. Womöglich ein Mitglied einer Gesandtschaft. Die Sache roch nach Unannehmlichkeiten.

„Teufel auch! Wie kommt der Sergeant darauf?"

„Der Tote hat eine dunkle Haut, und er ist fremdländisch gekleidet. Außerdem hat er vor seinem Tod in einer unverständlichen Sprache geredet, sagt der Torwächter von Michaelis."

Der Freigraf horchte auf. „Der Torwächter von Michaelis, sagst du? Dann ist der Ausländer also auf dem Domplatz gestorben? Guter Mann, weißt du nicht, daß die Stadt für die Domimmunität nicht zuständig ist. Gebt dem Domdechanten Mallinckrodt Bescheid! Er soll sich um die Angelegenheit kümmern."

Der Botmeister duckte sich wie ein geprügelter Hund. „Ich gebe nur weiter, was man mir aufträgt."

„Natürlich." Ketteler steckte vergnügt seine Pfeife in Brand. Der Kelch war noch einmal an ihm vorübergegangen.

„Dein Sergeant ist wohl neu hier, wie? Bestellt ihm einen schönen Gruß von mir!"

„Es ist nicht nur der Sergeant. Ein Domherr hat sich die Leiche angesehen. Und er meint, daß in diesem Fall die städtische Gerichtsbarkeit ..."

Der Freigraf erhob sich wütend. „Verflucht nochmal! Liegt die Leiche nun auf dem Domplatz oder nicht?"

„Ja und nein. Die Beine liegen auf dem Domplatz, aber der

Oberkörper liegt auf städtischem Gebiet. Und der Mann ist an einem Pfeil gestorben, der ihn im Herzen getroffen hat."

„Johan!" brüllte Ketteler. Der Ärger hatte ihn auf einen Schlag ernüchtert. Mit festen Schritten ging er durch die Diele, schnappte seinen Pelzmantel vom Haken und setzte sich den breitkrempigen Hut auf. Dem herbeigeeilten Diener befahl er, mit einer Fackel voranzugehen. Grimmig und ohne ein weiteres Wort zu verlieren, nahm Freigraf Bernd Ketteler, der Untersuchungsrichter der Stadt Münster, seinen Dienst auf.

Dem Unwetter trotzend, stand eine Gruppe von Männern um die Leiche herum. Ketteler begrüßte den Domherrn und den Sergeanten, dann ging er ächzend in die Knie, um die Leiche näher zu betrachten. Er hatte die Torwächter, die im Dienst der Kirche standen, im Verdacht, die Lage der Leiche verändert, sie ein Stück vom kirchlichen auf das städtische Gebiet gezogen zu haben. Doch das nützte ihm jetzt nichts mehr. Ketteler war der oberste Polizist von Münster, und auf seinen Schultern ruhte die Verantwortung, diesen Mordfall aufzuklären.

Obwohl die wächserne Leichenblässe sie heller erscheinen ließ, war die ursprünglich olivfarbene Haut des Mannes noch gut zu erkennen. In seinem Gesicht lag ein Ausdruck des Erstaunens, wie bei vielen, die von einem plötzlichen Tod überrascht werden. Ketteler drückte die Augenlider des Toten nach unten. Er mochte keine Leichenaugen.

Unglücklicherweise schien der Sergeant mit seiner Vermutung recht zu haben. Die dunkle Haut, die schulterlangen, schwarzen Haare, die Kleidung im spanischen Hofstil – alles deutete darauf hin, daß es sich bei dem Toten um einen Südländer handelte. Ein Spanier oder ein Portugiese, vielleicht auch ein Italiener. Die Spanier und die Portugiesen waren in

Münster mit Delegationen vertreten, Italiener gab es im Gefolge der beiden Friedensvermittler, des päpstlichen Nuntius Chigi und des venezianischen Botschafters Contarini.

Der Tote hielt noch immer den Pfeil umklammert, der in seinem Herz steckte. Ketteler löste behutsam die Finger, die Leichenstrarre hatte noch nicht eingesetzt. Die Hand gab einen kurzen Armbrustpfeil frei, wie er häufig bei der Jagd verwendet wurde. Die Armbrust war fast genauso treffsicher wie ein Gewehr, allerdings lautlos. Ein bedeutender Vorteil, wenn man durch einen einzigen Schuß nicht sämtliche Tiere in der Umgebung verscheuchen wollte.

Ketteler bewunderte im Stillen die Treffsicherheit des Mörders. In der Dunkelheit einen solchen Schuß abzugeben, erforderte großes Können – oder Glück. Der Einschuß hatte unmittelbar zum Tod des unbekannten Mannes geführt, deshalb war an der Brust auch nur wenig Blut ausgetreten. Anders verhielt es sich mit der zweiten Verletzung. Der rechte Unterarm des Unbekannten leuchtete im Fackelschein rot wie ein abgeschlagener Stumpf. Blut und Regenwasser hatten den Ärmel bis zum Ellbogen eingefärbt.

Ketteler zog sein Messer aus der Scheide und schlitzte den Hemdsärmel auf. Darunter kam eine klaffende, vier Zoll lange Schnittwunde zum Vorschein.

Der Freigraf richtete sich auf. Seine Stimme klang fest und bestimmt: „Hat jemand mit dem Mann gesprochen, bevor er starb?"

Der Torwächter meldete sich. Ketteler befahl ihm, alles zu erzählen, was er gesehen und gehört habe, und nichts auszulassen.

„Das könnt Ihr Euch sparen", sagte der Sergeant. „Ich habe den Wächter bereits befragt. Er wird Euch nicht weiterhelfen."

Mit einem abschätzigen Blick musterte der Freigraf den

Sergeanten. „Habe ich dich um deine Meinung gefragt? Hier leite ich die Untersuchung, ist das klar?"

Der Sergeant nahm Haltung an.

„Wie ich höre", mischte sich der Domherr mit einer hohen Altherrenstimme ein, „habt Ihr akzeptiert, daß der Mord in die städtische Gerichtsbarkeit fällt. Ich darf mich daher zurückziehen, wenn Ihr erlaubt."

Der Freigraf ließ sich nicht anmerken, daß er innerlich vor Wut kochte: „Ich bin davon überzeugt, daß der Elende auf der Domimmunität verstorben ist, aber ich will mit Euch darüber keine Streiterei anfangen."

„Wollt Ihr behaupten ...", brauste der Domherr auf.

„Seht Ihr die Blutspur dort?" Ketteler wies auf das Pflaster. „Das Opfer ist mindestens sechs Fuß gezogen worden. Für dieses Mal lasse ich das noch durchgehen. Aber versucht eine solche Sauerei nicht noch einmal mit mir!"

Der Domherr kaute an einer Erwiderung, drehte sich dann um und schritt würdevoll davon.

„Und nun zu dir!" bellte der Freigraf in Richtung Torwächter. „Fang endlich an zu erzählen!"

Vor Angst schlotternd, begann der Torwächter zu reden. Als er geendet hatte, vergewisserte sich Ketteler: „Du hast also kein Wort von dem verstanden, was der Mann gesagt hat?"

„Nein, er redete ja in dieser fremden Sprache."

„Hast du gesehen, woher der Schuß kam?"

„Dazu war es viel zu dunkel."

„Und wie konnte der Mörder sein Opfer erkennen?"

„Ich weiß es nicht." Der Torwächter zuckte zusammen. „Vielleicht beherrscht er die schwarze Magie."

Ketteler lachte. „Unfug! Ich habe noch keinen Mord gesehen, der auf übernatürliche Weise zustande kam. Der Teufel hebt seine Kraft für wichtigere Dinge auf. Los! Wir machen jetzt ein kleines Spiel. Der Sergeant ist der Unglückselige, der seinem Tod entgegengeht. Und du, Torwächter, wiederholst dieselben Schritte und Bewegungen, die du gemacht hast, als das echte Opfer auf dich zukam!"

Der Sergeant war wenig angetan von seiner Rolle, aber er fügte sich in sein Schicksal. Er ging ein Stück auf den Domplatz hinaus und rannte dann, mit den Armen rudernd und um Hilfe rufend, zum Michaelistor. Der Torwächter trat aus dem Tor und sprach kurz mit dem Sergeanten, der sich theatralisch auf das Pflaster fallen ließ.

Mit zusammengekniffenen Augen hatte der Freigraf das Schauspiel verfolgt. Doch so sehr er auch nach einer Lösung suchte, er fand keine Erklärung für den zielgenauen Schuß des Mörders. Während sich der Sergeant den Dreck von der Uniform wischte, trat Ketteler zu den beiden Männern.

„Du bist sicher, daß du nichts vergessen hast?" fragte er den Torwächter.

„Nein, bestimmt nicht."

„Vielleicht hattest du etwas in der Hand?"

„Nur eine Fackel."

„Du Idiot!" Ketteler stampfte mit dem Fuß auf den Boden. „Und wo ist die Fackel jetzt?"

Der Torwächter schaute bekümmert auf seine leeren Hände. „Jetzt ist es doch hell."

„Trottel. Du hast dem Unbekannten ins Gesicht geleuchtet, stimmt's?"

„Ja. Ich wollte ja sehen, wer es war."

„Und in diesem Moment wurde der Mann getroffen?"

Der Torwächter nickte.

„Schwarze Magie, hah!" Der Freigraf schüttelte seinen großen Kopf. „Für einen geübten Armbrustschützen ist es keine Kunst, ein erleuchtetes Ziel aus dreihundert Fuß Entfernung zu treffen." Er klatschte in die Hände. „So! Das reicht für heute nacht. Schafft die Leiche in den Keller des Rathauses! Bis morgen früh findet sich vielleicht jemand, der sie vermißt. Und du", wandte er sich an den Sergeanten, „sorgst dafür, daß Doktor Rottendorff morgen um sieben Uhr im Rathaus erscheint. Ich möchte, daß er sich den Toten ansieht."

Einigermaßen zufrieden ging Freigraf Ketteler nach Hause. Immerhin hatte er aufgeklärt, wie der Mord verübt worden war, auf die Fragen nach dem wer und warum würde er beizeiten auch noch Antworten finden.

Elisabeth, Kettelers Frau, stand schon in der Diele, als sich der massige Mann den regennassen Mantel vom Leib riß. „Ah, was für ein Wetter!" brummte er. „Gerade gut genug, um Hunde und Polizisten auf die Straße zu jagen."

„Hast du etwas erreicht?" erkundigte sich Elisabeth.

„Ein komplizierter Fall." Mit raschen Schritten strebte Ketteler zum Kamin, goß sich einen Becher Wein ein und leerte ihn in einem Zug. „Die Leiche ist ein Südländer und der Mörder ein durchtriebener Bursche. Ich schätze, in den nächsten Tagen wird einige Arbeit auf mich zukommen."

Elisabeth, eine Frau in einem schlichten schwarzen Kleid und mit zurückgebundenen Haaren, die sie außerhalb des Hauses unter einer großen Haube versteckte, kannte die Trinkgewohnheiten ihres Mannes und hatte schon vor langer Zeit aufgegeben, ihn dafür zu tadeln. „Wolltest du nicht nach Senden?"

„Ja, es gibt dort einige Pestkranke. Ich müßte dringend nach dem Rechten sehen." Als Freigraf versah Ketteler auch das Amt, im Stadtlehen Senden Gericht zu halten. „Aber der Mordfall hat Vorrang. Stell dir nur mal vor, bei dem Toten handelt es sich um einen Gesandten. Dann wird alle Welt von mir verlangen, daß ich den Mörder aus dem Hut zaubere." Er füllte den Becher erneut. „Was schaust du mich so an, Frau?"

„Es ist wegen Anna", sagte sie leise.

Die Hand, die den Becher hielt, zitterte. Ketteler war beinahe genauso breit wie hoch und selten aus der Fassung zu bringen. Aber wenn es um seine Tochter ging, wurde er ängstlich wie ein Kaninchen.

„Was ist mit ihr?“ flüsterte er mit heiserer Stimme.

„Sie hat sich erbrochen“, sagte Elisabeth.

„Was hat sie denn gegessen?“

„Nur eine warme Brühe, den lieben langen Tag.“

Seit einigen Wochen litt Anna unter einem seltsamen Zustand. Sie aß kaum noch etwas, lag am liebsten teilnahmslos in ihrem Bett und mied jeglichen Umgang mit ihren Freundinnen. Da sie über keinerlei Schmerzen klagte und auch sonst nicht sagen konnte, was ihr fehlte, waren ihre Eltern völlig ratlos.

Hand in Hand schritt das Ehepaar zum Bett der Tochter, das in der Upkammer stand. Zwei Kammern ihres stattlichen Hauses hatten sie an Vertreter der Reichsstädte vermietet, deshalb mußte die Familie jetzt enger zusammenrücken. Der Freigraf und seine Frau schliefen in der Nähe des Kamins, die Dienerschaft in der Küche, Anna und ihre beiden jüngeren Brüder nahmen die Upkammer in Beschlag. Härter traf es allerdings die Diener der reichsstädtischen Gesandten. Sie nächtigten hinter Bretterverschlägen im Pferdestall.

Ketteler schob den Vorhang beiseite, der Annas Bett verdeckte. Weiß wie ein Leinentuch lag das Mädchen unter der Bettdecke. Der Körper war abgemagert, und um das Gesicht spannte sich die Haut so straff, daß der Kopf wie ein Totenschädel wirkte.

„Anna“, sagte der Freigraf sanft, „was ist mir dir?“

„Ich weiß es nicht, Vater“, antwortete sie matt.

„Warum ißt du nichts? Du mußt zu Kräften kommen.“

Ihre Augen glänzten fiebrig. „Ich habe keinen Hunger.“

„Weil du den ganzen Tag im Bett liegst. Ich wünschte, du

würdest aufstehen und Handarbeiten machen, so wie du es früher getan hast. Oder mit deiner Mutter in die Messe gehen. Oder ..."

Anna zeigte ein wehmütiges Lächeln. „Ach, es ist alles so sinnlos. Am liebsten möchte ich sterben."

„So etwas darfst du nicht sagen", rief Elisabeth erschrocken. „Du hast dein ganzes Leben noch vor dir."

„Es liegt sicher am Wetter." Ketteler schlug einen harmlosen Ton an. Er wollte nicht, daß das Mädchen seine Unsicherheit bemerkte. „Ich verspüre selbst ein Reißen in den Gliedern. Manchmal fühle ich mich wie ein Fünfzigjähriger." Anna lachte lautlos. Der Totenkopf grinste.

# Zweites Kapitel

Im dunklen Gewölbe des Ratskellers befanden sich sechs Männer und eine Leiche, als der Freigraf eintrat. Ketteler erkannte die zwei Bürgermeister Timmerscheidt und Plönies, beide aus reichen Kaufmannsfamilien, die seit Generationen in der Politik tätig waren. Timmerscheidt, ein hagerer, hochgewachsener Mann, galt als der führende Kopf des münsterschen Stadtrates. Von den Gesandten des Friedenskongresses wurde er häufig zu Empfängen eingeladen, weil man sein weltgewandtes Auftreten und seine diplomatischen Fähigkeiten schätzte.

Mit Richtherr Tompütte war Ketteler schon einige Male aneinander geraten. Tompütte war ein Mann der Gilden und erst seit der letzten Ratswahl im Stadtrat. Dem münsterschen Bürgeradel, der die Ratsämter unter sich aufteilte, stand Tompütte mißtrauisch gegenüber. Dagegen hatte er sich in seiner eigenen kurzen Amtszeit bereits den zweifelhaften Ruf eines brutalen Verhörers und gnadenlosen Richters erworben. Zusammen mit dem Richtherrn Everding, der neben ihm stand, versah er die niedere Gerichtsbarkeit und saß dem Gerichtstag vor, falls, wie in den letzten Jahrzehnten üblich, der vom Bischof bestellte Stadtrichter nicht erschien.

Etwas abseits von den anderen lehnte Doktor Bernhard Rottendorff an einer Säule. Als besoldeter Stadtarzt behandelte er die städtischen Amtsinhaber, daneben übte er die Oberaufsicht über die medizinischen Einrichtungen und Berufe der Stadt aus, von den Spitälern und Apotheken über die Chirurgen und Wundärzte bis zu den Hebammen und

Pestmeistern. Wegen seiner Heilerfolge war er weit über die Grenzen Münsters hinaus bekannt. Doch sein Ehrgeiz reichte höher. Neben medizinischen Traktaten schrieb er auch Gedichte, philosophierte mit dem Domdechanten Mallinckrodt und gab als Mäzen die Bücher anderer Autoren heraus.

Den sechsten Mann, der sich im Kellergewölbe aufhielt, kannte Ketteler nicht. Seine Kleidung ähnelte jedoch der des Toten, den man auf eine Holzbank an der Wand gebettet hatte.

Die Leiche hat also einen Namen bekommen, dachte der Freigraf.

„Ketteler, da seid Ihr ja!" rief Bürgermeister Timmerscheidt. „Wir haben schon auf Euch gewartet."

Der Unbekannte verabschiedete sich in gebrochenem Deutsch, verbeugte sich in alle Richtungen und ging die Treppe hinauf.

Ketteler nickte zu dem Toten hinüber. „Um wen handelt es sich?"

„Um Señor Navarrete, einen spanischen Edelmann", antwortete Timmerscheidt. „In aller Herrgottsfrühe erhielt ich Nachricht, daß man ihn im spanischen Quartier vermißt."

„Ein Spanier", sagte Ketteler bekümmert.

„Ja. Und ich hoffe, Ihr wißt, was das bedeutet. Sein Tod muß so schnell wie möglich aufgeklärt werden. Andernfalls können die gesamten Friedensverhandlungen ins Stocken geraten."

„Ich tue mein Bestes", brummte Ketteler.

„Das Beste, was Ihr leisten könnt, ist vielleicht nicht gut genug", sagte Tompütte mit krächzender Stimme.

„Hattet Ihr in der Vergangenheit etwas an meiner Arbeit auszusetzen?" brauste der Freigraf auf.

„Keineswegs, lieber Ketteler", schaltete sich Richtherr Everding ein. „Ihr wart doch gestern abend am Tatort. Verfolgt Ihr bereits eine Spur?“

„Nein. Der einzige Zeuge, der Torwächter von Michaelis, war leider wenig hilfreich.“

Eine peinliche Pause trat ein.

„Wenn die Herren nichts dagegen haben“, fuhr Ketteler unbekümmert fort, „würde ich jetzt gern mit Doktor Rottendorff ein paar Worte unter vier Augen wechseln.“

Timmerscheidt ließ die anderen vorausgehen. Dann legte er eine Hand auf den Arm des Freigrafen. „Ketteler, wärt Ihr so freundlich, bei mir vorbeizukommen, bevor Ihr das Rathaus verlaßt?“

Als sich das Kellergewölbe geleert hatte, löste sich Rottendorff von der Säule. „Nun, Ketteler, ich bin gespannt, was Ihr von mir hören wollt.“

„Euer medizinisches Urteil“, sagte der Freigraf unbestimmt.

„Hegt Ihr über die Todesursache irgendwelche Zweifel? Der Pfeil steckt direkt im Herzen.“

„Was ist Euch sonst noch aufgefallen?“

„Die Verletzung am Arm läßt darauf schließen, daß Navarrete in eine Messerstecherei verwickelt war. Er floh, und der Mörder wartete eine günstige Gelegenheit ab, um ihn mit der Armbrust zu erschießen. Es muß sich um einen guten Schützen handeln. Ich habe mir den Pfeil genau angesehen. Kommt mit!“

Die beiden Männer traten zu der Leiche.

„Wäre der Pfeil aus nächster Nähe abgeschossen worden“, fuhr Rottendorff fort, „hätte er sich tiefer ins Fleisch gebohrt. Ich schätze, der Mörder befand sich dreihundert bis fünfhundert Fuß entfernt. Und nun seht Euch den Eintrittswinkel an! Er läßt darauf schließen, daß der Mörder eine erhöhte Position in einem Haus oder auf einem Turm erklommen hatte.“

„Der Turm des Domes“, murmelte Ketteler.

„Das ist die wahrscheinlichste Lösung“, stimmte Rottendorff zu. „Auf dem Domplatz gibt es kein anderes Gebäude, das hoch genug wäre.“

„Ich danke Euch“, sagte der Freigraf überschwenglich. „Ihr habt mir sehr geholfen. Ach, übrigens, stimmt es, daß Ihr die wackeligen Knie des Kurfürsten kuriert habt?“

Der Arzt fühlte sich geschmeichelt. „Es war im letzten Jahr“, erzählte er bereitwillig. „Bischof Ferdinand verspürte keine Festigkeit mehr in den Knien. Er konnte kaum noch ohne fremde Hilfe laufen. Die Salben, die ihm sein Leibmedicus verschrieben hatte, brachten keine Wirkung. Da ließ er mich nach Köln holen. Und – zum Erstaunen der Kölner Mediziner – verschaffte mein Rezept dem Kurfürsten baldige Erleichterung.“

„Wie man hört, sollt Ihr Regenwürmer verwendet haben“, bohrte Ketteler nach.

Rottendorff schmunzelte. „Die heilsame Wirkung von Regenwürmern wird in der Medizin noch vielfach unterschätzt. Man muß sie allerdings entsprechend aufbereiten. Für das Rezept des Kurfürsten ließ ich fünfhundert große Würmer sammeln und reinigen. Dann wurden sie in einen gläsernen Kolben geworfen und mit einem Maß Straßburger Branntwein überzogen. Nach einigen Tagen war der Sud fertig. Ich trug den Dienern auf, die Knie Ihrer Durchlaucht morgens und abends damit einzureiben.“

„Das ist alles?“ staunte Ketteler.

„Abgesehen von einem kleinen Geheimnis, das ich nicht verrate. Sonst macht Ihr mir noch Konkurrenz.“

Ketteler stöhnte. „Dieses verfluchte Wetter. Mich plagt auch so ein Reißen und Zwicken in den Gliedern, vor allem in den Knien. Könnt Ihr mir nicht eine kleine Probe Eures Wundermittels besorgen, ich wäre schon mit hundert Regenwürmern zufrieden."

Rottendorff lachte. „Ich habe doch geahnt, daß Ihr bei unserem Gespräch einen Hintergedanken verfolgt. Nun gut. Ich werde Euch eine Mixtur bereiten. Und jetzt wollen wir beide an die Arbeit gehen."

„Nur eine Sache noch, Doktor", hielt ihn der Freigraf zurück. „Es betrifft unsere Tochter Anna."

Der Arzt schaute ihn fragend an.

„Sie leidet seit einigen Wochen unter Appetitlosigkeit, ja, an einer generellen Schlaffheit und Schwermütigkeit. Elisabeth und ich wissen uns keinen Rat mehr. Anna ist schon ganz abgemagert, das arme Ding. Im Frühjahr möchte ein Osnabrücker Kramersohn um ihre Hand anhalten. Aber wenn er sie in diesem Zustand sieht, wird er vermutlich Reißaus nehmen."

„Und sie hat keine Schmerzen?" fragte Rottendorff.

„Nein, nichts. Sie redet davon, daß sie sterben will. Dabei ist sie gerade erst siebzehn Jahre alt."

„Ich müßte sie natürlich gründlich untersuchen", sagte der Arzt zögernd. „Aber was Ihr berichtet, klingt nach Anzeichen von Melancholie."

„Melancholie?"

„Zuviel schwarze Galle, die in den Magen, das Herz und das Gehirn dringt. Gerade bei sensiblen jungen Menschen führt dies häufig zu Lebensmüdigkeit."

Ketteler wirkte verzweifelt. „Und man kann nichts dagegen tun?"

„Doch. Man kann – mit ein wenig Glück und Gottvertrauen. Wenn ich Euch die Arznei für die zwickenden Glieder bringe, werde ich mir Anna mal ansehen."

„Oh, Rottendorff!" Der bullige Freigraf strahlte wieder über das ganze Gesicht. „Gebt Anna ihre Lebensfreude zurück, und ich werde Euch ewig dankbar sein."

„Erwartet nicht zuviel!" wiegelte der berühmte Arzt ab. „Ich kann keine Wunder vollbringen."

Ketteler fand Timmerscheidt am Richtertisch in der holzvertäfelten Ratskammer, unter den Wappen von Stadt und Stift Münster und den Schnitzereien, die Geschichten des Alten Testamentes darstellten. Im hellen Tageslicht, das durch die seitlichen Fenster fiel, sah der Bürgermeister noch magerer aus. Er trug schulterlanges Haar und einen hoch taillierten Rock aus schwarz glänzendem damasziertem Stoff, auf dem ein flacher Leinenkragen lag. Quer über die Brust hing eine schwere Goldkette.

Timmerscheidt schaute von den Akten auf, in denen er geblättert hatte. „Ketteler, tretet doch näher!"

„Ihr wolltet mich sprechen, Bürgermeister?"

Timmerscheidt strich sich über den gestutzten Kinnbart. Ketteler hatte sich geweigert, die neue Mode mitzumachen, und blieb seinem imposanten Vollbart treu.

„Ihr wißt, daß ich stets hinter Euch gestanden habe, auch wenn Ihr manchmal ungewöhnliche Methoden angewandt habt."

Ketteler nickte abwartend, er hatte keine Ahnung, worauf der Bürgermeister hinauswollte.

„Was den ermordeten Spanier angeht, möchte ich Euch jedoch bitten, sehr umsichtig und rücksichtsvoll vorzugehen. Eure Vorliebe für offene und ehrliche Worte in Ehren, Freigraf. Aber in diesem Fall müßt Ihr mit dem Florett fechten und nicht mit dem Schwert."

„Einen Mörder zu fangen ist keine Einladung zu einer Abendgesellschaft."

Timerscheidt seufzte. „Der Mord kommt zu einem höchst ungelegenen Zeitpunkt. Die Friedensverhandlungen befinden sich in einer kritischen Phase. Auf den Schlachtfeldern feiern die Franzosen und die Schweden einen Sieg nach dem anderen, der Kaiser und die katholische Liga müssen sich zurückziehen. In den katholischen Quartieren herrscht eine gereizte Stimmung. Ein einzelner Funke reicht, um den Friedenskongreß in einen Scheiterhaufen zu verwandeln. Erinnert Euch an den Kammerdiener des Grafen Peñaranda, der von mehreren Franzosen tödlich verwundet wurde."

„Die Spanier wollten das Quartier der Franzosen stürmen."

„Ja, und wir konnten sie nur mit Mühe davon abhalten. Mit anderen Worten, lieber Ketteler, ich wäre froh, wenn der Mörder nicht einer Nation angehörte, die sich mit der spanischen Krone im Krieg befindet."

„Wie soll ich das verstehen?" fragte der Freigraf spitz. „Welchen Mörder hättet Ihr denn gern?"

Der Bürgermeister schüttelte unwirsch den Kopf. „Natürlich sollt Ihr den richtigen Mörder finden. Nur seid Euch bewußt, daß Ihr Euch auf diplomatischem Terrain befindet."

Ketteler schaute mißmutig aus dem Fenster. Das, was auf ihn zukam, stank nach vergorener Pferdescheiße. Offen und ehrlich gesprochen.

„Und noch etwas, Ketteler", fuhr der Bürgermeister fort, „bedenkt, daß Ihr ein Repräsentant der Stadt seid und die Interessen Münsters vertretet. Der Kaiser hat Münster zur neutralen Stadt erklärt. Wir haben zwölfhundert Soldaten unter Waffen, das *merum et mixtum imperium*, die hohe und niedere Gerichtsbarkeit, die uns der Fürstbischof streitig machen wollte, wird zur Zeit von niemandem angezweifelt. Wir besitzen Rechte und Privilegien, die denen der Reichsstädte ähneln. Das alles könnte durch diesen Mord aufs Spiel gesetzt werden, falls die auswärtigen Gesandten, der Fürstbischof und der Kaiser den Eindruck gewinnen, daß wir nicht in der Lage sind, Recht und Ordnung durchzusetzen."

„Ihr bürdet reichlich viel Verantwortung auf meine schwachen Schultern", grummelte Ketteler.

„Eure Schultern sind alles andere als schwach", lächelte Timmerscheidt. „Und nun macht Euch an die Arbeit! Graf Peñaranda hat ausrichten lassen, daß er Euch zu einer Audienz erwartet."

Der Freigraf wollte sich schon abwenden, da sagte der Bürgermeister: „Nebenbei: Zieht Euch etwas Anständiges an, wenn Ihr den spanischen Gesandten aufsucht! Euer Wams ist fleckig und der Mantel zerschlissen. So, wie Ihr ausseht, seid Ihr keine Zierde Münsters."

Ketteler murmelte etwas Unverständliches und verließ polternd die Ratskammer.

# Drittes Kapitel

Wie seid ihr bloß auf diesen Blödsinn verfallen?" schimpfte Pater Martin Tewes. „Ein Schwein über den Prinzipalmarkt zu jagen! Seid ihr von allen guten Geistern verlassen? Nicht nur, daß ihr dem Schweinehirten einen üblen Streich gespielt habt. Was sollen die Bürger der Stadt davon halten, daß sich Schüler des Gymnasium Paulinum wie Dorftölpel benehmen? Sie werden uns, die Lehrer, dafür zur Rechenschaft ziehen. Ihr kennt das Mißtrauen, das in Teilen der Stadt gegenüber den Jesuiten herrscht. Mit eurem Unfug schadet ihr der ganzen Schule." Pater Martin holte tief Luft. „Vielleicht noch schlimmer ist der Eindruck, den ihr auf unsere ausländischen Gäste macht. Sollen sie Münster für ein Kuhdorf nehmen? Werden sie ihren gekrönten Herrschern im nächsten Brief aus *Münster hinter dem Saustall* schreiben? Also!" Der Pater faßte die drei Missetäter scharf ins Auge. „Ich höre, was ihr zu eurer Entschuldigung vorzubringen habt."

Die drei Halbwüchsigen sahen sich ängstlich an. Der Übermut, mit dem sie sich vor einer Stunde von ihren Mitschülern hatten feiern lassen, war ihnen längst vergangen.

„Es war ein Scherz", sagte der erste.

„Eigentlich war es eine Wette", gab der zweite zu.

„Wir haben um einen Kreuzer gewettet, daß es uns gelingt, dem Schweinehirten ein Tier abzuluchsen", fügte der dritte hinzu.

Pater Martin zitterte vor Wut. Er schloß die Augen und sprach ein kurzes Gebet, um nicht zu platzen oder etwas

Unüberlegtes zu tun. Dann sagte er mit ruhiger, wenngleich harter Stimme: „Ihr habt euch zweier Vergehen schuldig gemacht. Ihr habt den Schweinehirten gefoppt, und ihr habt gegen eine Anordnung der Stadt verstoßen. Der Stadtrat hat bei Androhung von Strafe beschlossen, daß es während des Friedenskongresses nur noch frühmorgens und spätabends erlaubt ist, Tiere durch die Straßen zu treiben." Er machte eine Pause. „Ihr glaubt euch in Sicherheit, weil ihr Domschüler seid? Ihr vertraut auf die Domimmunität? Da muß ich euch enttäuschen. Das Paulinum befindet sich zwar auf dem Gebiet der Immunität, aber ich kann euch jederzeit der städtischen Justiz übergeben. Freigraf Ketteler, der Kommandeur der münsterschen Polizei, ist ein guter Bekannter von mir. Und wie ihr vielleicht gehört habt, ist der Freigraf ein Mann, der nicht lange fackelt."

Die drei Schüler erbleichten. Sie sahen sich schon am Pranger, auf dem Strafesel, am Schandstein oder im Rollhäuschen.

Etwas milder gestimmt fuhr Pater Martin fort: „Für dieses Mal werde ich darauf verzichten und den Zuchtmeister der Schule beauftragen, euch eine passende Strafe zu verabreichen. Aber beim nächsten Mal, da könnt ihr sicher sein, kommt der Freigraf. So, und nun geht wieder auf die Bühne! Wir wollen mit der Probe fortfahren."

Mit betretenen Mienen gesellten sich die drei Übeltäter zu ihren Mitschülern.

Pater Martin Tewes war der Rhetoriklehrer des Gymnasiums, und er studierte mit seiner Klasse das Drama *Sankt Alexander Carbonarius* ein, das am nächsten Tag aufgeführt werden sollte. In dem Stück, das ein Jesuit aus Aachen verfaßt hatte, ging es um den schönen und gelehrten Alexander, der sich selbst erniedrigte und bei einem Köhler im Wald arbeitete, bevor er schließlich zum Bischof berufen wurde.

Die Schüler begannen, den lateinischen Text aufzusagen.

Immer wieder unterbrach Pater Martin die Sprechenden, um sie zu korrigieren. Aufführungen von Jesuitendramen waren ein gesellschaftliches Ereignis in Münster. Neben den Eltern der Schüler kamen auch viele Ehrengäste. Pater Martin wußte, was der Rektor des Paulinums von ihm erwartete.

Freigraf Ketteler betrat das Quadrum des Jesuitenkollegs, und sofort fühlte er sich in seine Jugend versetzt. Er selber war Schüler des Paulinums gewesen. Kein besonders guter, wie er zugeben mußte. Durch Latein, Griechisch, Hebräisch, Physik, Mathematik, Metaphysik und Theologie hatte er sich durchgequält, und am Ende hatte er nur das halbe *Studia superiora* geschafft. Die Streiche des jungen Ketteler waren an der Schule zur Legende geworden, sogar den Zuchtmeister hatte er in die Verzweiflung getrieben.

Etwas beklommen blickte sich Ketteler um. Zur Linken befand sich die Petri Kirche, die die Jesuiten nach ihrer Ankunft in Münster, vor rund fünfzig Jahren, neu gebaut hatten. Die übrigen Seiten des Vierecks bildeten das Gymnasium und das eigentliche Kolleg der Jesuiten.

Der Freigraf ging in das Schulgebäude, befragte einige Schüler, die ihm entgegenkamen, dann öffnete er die Tür zur Aula. Den dicken Bauch vor sich herschiebend, stampfte er mit knarrenden Schritten über den Holzboden.

Aus drei jungen Kehlen entrang sich ein Schrei des Entsetzens.

Über die Störung verärgert, drehte sich Pater Martin zu dem Eindringling um. Als er den Freigrafen erkannte, grinste er über das ganze Gesicht.

„Was schreien die so?“ fragte Ketteler verwundert. „Sehe ich aus wie der Leibhaftige?“

„Ganz zufällig sprachen wir vorhin über Euch“, antwortete Martin und zwinkerte mit dem linken Auge.

Die drei Jungen, die das Schwein über den Prinzipalmarkt gejagt hatten, versteckten sich hinter den Rücken ihrer Klassenkameraden.

„Habt ihr etwas verbrochen?“ donnerte Ketteler mit tiefer Baßstimme in Richtung Bühne. „Muß ich euch von meinen Botmeistern abführen lassen?“

„Nein, nein“, jammerten die Jungen.

„Dann seid brave Schüler! Gehorcht euren Lehrern und tut, was sie sagen! Wollt ihr das?“

„Ja, ja.“

Mit leiserer Stimme wandte sich Ketteler an Pater Martin: „Ihr müßt mir helfen, Pater. Es ist dringend.“

Martin nickte und verkündete den Schülern, daß sie eine Pause machen dürften.

Als sie im Flur standen, erzählte Ketteler in groben Zügen von dem Mord. „Ich brauche Euch als Übersetzer“, fügte er hinzu. „Ihr seid weit in der Welt herumgekommen. Ihr sprecht Spanisch, Französisch und noch einiges andere. Stellt Euch vor, wie ich dummer Mensch diesen Gesandten, Botschaftern und hohen Herren gegenübersitze. Allein und ohne Eure Hilfe wäre ich verloren wie ein kleines Kind.“

Pater Martin hatte aufmerksam zugehört. „So gern ich mit Euch zusammenarbeite, Freigraf, und so interessant sich der Fall anhört, von dem Ihr berichtet, aber im Moment kann ich hier unmöglich weg. Morgen findet die Aufführung des Dramas statt, und bis dahin muß ich noch eifrig mit meinen Schülern proben. Danach könnt Ihr jederzeit über mich verfügen. Und was die Gesandtschaften angeht, die haben ihre eigenen Übersetzer. Schließlich müssen sich die Herren ja auch untereinander verständigen.“

„Schon wahr“, druckste Ketteler. „Doch vier Ohren hören mehr als zwei. Um ehrlich zu sein, Pater, ich schätze Eure Scharfsichtigkeit und Kombinationsgabe. Mehr als einmal habt Ihr mir auf die Sprünge geholfen. Erinnert Euch an die Alte, die der bösen Zauberei verdächtigt wurde. Ihr habt herausgefunden, daß der Bauer sein eigenes Vieh vergiftete, weil er auf die versteckten Taler der Alten scharf war."

Pater Martin und der Freigraf hatten zum ersten Mal gemeinsam einen Fall gelöst, als eine Reihe von Diebstählen die friedliche Atmosphäre des Paulinums in einen Sumpf des Mißtrauens verwandelte. Von da an war Ketteler regelmäßig zu Martin gekommen, wenn er bei einem rätselhaften Verbrechen nicht mehr weiter wußte. Und Martin hatte sich eingestehen müssen, daß die Kriminalistik eine geheime Leidenschaft von ihm war, obwohl sie so ganz und gar nicht zu seinem frommen Auftrag paßte.

„Natürlich erinnere ich mich. Und ich würde ja liebend ..."

„Es handelt sich nicht um ein gewöhnliches Verbrechen", lockte Ketteler. „Der Mord an Señor Navarrete kann den Fortgang der Friedensverhandlungen beeinträchtigen. Davon, daß wir ihn so schnell wie möglich aufklären, hängt die Zukunft Deutschlands, ja ganz Europas ab. Falls Ihr Euch unsicher seid, fragt den Päpstlichen Nuntius Chigi! Er wird Euch bestätigen, daß Ihr den Segen der Kirche habt."

Aus der Aula drang lauter werdendes Geschrei.

„In Gottes Namen", sagte Pater Martin.

# Viertes Kapitel

Der Prinzipalmarkt war gesäumt mit Dreck und Abfällen, dampfende Misthaufen stanken zum Himmel. Der Freigraf und der Jesuit gingen mitten auf der Straße, vorbei an den Marktständen, an denen Fleisch, Fisch, Butter, Käse, Eier, Steckrüben und Kohl verkauft wurden. Zusätzlich zu den gewohnten Verkaufsständen gab es Buden unter den Bogengängen der Häuser, weil die Kramer auf die Einkäufer der Gesandtschaften hofften. Trotz eines städtischen Verbotes streckten Bettler am Straßenrand ihre gichtigen Hände aus, und unter die ehrbaren Münsteranerinnen, erkennbar an ihren schwarzgrauen, halbkreisförmigen Hauben und den wallenden Byssusgewändern, mischten sich allerlei leichtfertige Weibspersonen.

Mißbilligend betrachtete Ketteler die Bettler und Huren. „Wir schaffen es einfach nicht, Münster von dieser Plage zu befreien", sagte er zu Pater Martin. „Zum einen Tor wirft man sie hinaus, zum anderen kommen sie wieder herein. Um die abendliche Sperrstunde durchzusetzen, bräuchte ich dreimal so viele Polizisten, wie ich zur Verfügung habe."

„Jede Medaille hat eine Kehrseite", erwiderte Martin. „Immerhin hat der Friedenskongreß Wohlstand und Ansehen nach Münster gebracht."

„Ansehen vielleicht, aber Wohlstand?" schnaubte der Freigraf. „Da müßtet Ihr mal die Klagen der Kramer und Schankwirte hören. Die großen Gesandtschaften dürfen zollfrei Wein importieren, und ihre Einkäufer jagen weit hinaus ins Umland, wo sie die Waren günstiger erstehen. Die Dienerschaft bekommt kein Geld, um in den Schänken zu essen, sondern wird in den Quartieren beköstigt. Und was noch viel schlimmer ist", er senkte seine Stimme, „die Gesandten werden von ihren Herrschern knapp gehalten. Vor allem den Vertretern der Reichsstädte, der Ritterschaften und Fürstentümer geht langsam das Bare aus. Die Kreidetafeln und Kerbhölzer sind voll bis oben hin, die Kaufleute wissen nicht, wie sie an ihr Geld kommen sollen."

„Nun ja, ich habe noch keinen Kramer getroffen, der nicht darüber klagt, daß sein Geschäft schlecht läuft", meinte der Pater. „Über dem Pekuniären sollten wir nicht vergessen, daß der Friedenskongreß einem höheren Sinn dient. Wenn das Blutvergießen ein Ende nimmt und sich die Religionen versöhnen, dann ist alles andere bald unwichtig."

„Da habt Ihr verdammt recht", stimmte Ketteler zu. „Die christlichen Parteien müssen sich schleunigst einigen, damit sie vereint gegen die Türken zu Felde ziehen können. Die Republik von Venedig ist bereits arg bedroht. Wie ich hörte, haben die Türken schon Kreta erobert. Und es würde mich nicht wundern, wenn sie bald vor Wien stehen."

Sie schritten an der Lambertikirche vorbei, in deren Turmkäfigen die Knochen der Wiedertäufer bleichten, über den Roggenmarkt und die Bogenstraße kamen sie zum Horstebergtor. Dann überquerten sie die beiden Aabrücken und wandten sich nach rechts. Hier waren die vornehmen, aus Stein gebauten Bürgerhäuser einfachen, lehmverputzten Fachwerkhäusern gewichen.

Die Spanier residierten im Observantenkloster an der Bergstraße, unweit des Buddenturms. Vom spanischen Prinzipalgesandten, Graf Peñaranda, war bekannt, daß er Münster haßte. Alles war ihm hier zuwider, das Land, die Leute, der Gestank der Tiere, die in den Häusern gehalten wurden, und vor allem das feuchtkalte Klima, unter dem er ständig litt. Mehr als einmal hatte er seinen König um Ablösung gebeten, vergeblich. Man munkelte, der König würde ihn aus eigennützigen Gründen von seiner jungen Frau fernhalten. Verbittert harrte Peñaranda in Münster aus.

Freigraf Ketteler war gar nicht wohl bei dem Gedanken, Peñaranda gegenübertreten zu müssen. Er hatte wenig, genau genommen gar nichts in der Hand. Was sollte er dem Grafen sagen?

Ein Edelmann erwartete sie bereits am Tor des Klosters. Er führte die beiden Besucher in den Audienzsaal, einen kargen Klosterraum, dem man durch Aufhängen unzähliger Gobelins ein wenig Glanz verliehen hatte.

Graf Peñaranda saß auf einem erhöhten Sessel mit Baldachin. Neben ihm stand ein junger Mann, in dem Ketteler den Übersetzer vermutete. Peñaranda sah krank und ausgemergelt aus. Er hatte dünnes Haar und einen nach oben gebogenen Schnurrbart, der die schmalen, blutleeren Lippen verbarg. Über der goldbesetzten spanischen Hofkleidung trug er einen steifen Stehkragen.

Unwillkürlich faßte sich Ketteler an den Hals. Wie froh war er gewesen, als die Zeit der Mühlsteinkrägen vorüber war. Keine Suppe konnte man essen, ohne sich die blütenweißen, aufgeplusterten Rüschen zu bekleckern.

Peñaranda stemmte sich schwerfällig aus dem Sessel hoch, der Freigraf und der Pater verbeugten sich tief. Der Graf sagte etwas auf Spanisch und deutete auf zwei bereitgestellte Stühle.

„Ihre Exzellenz wünscht, daß Ihr Platz nehmt!" übersetzte der Mann neben ihm.

Mit seiner näselnden Stimme begann Peñaranda zu sprechen. Er verlange Aufklärung darüber, was in der letzten Nacht geschehen sei. Was habe die münstersche Polizei unternommen, um dem oder den Mördern Navarretes habhaft zu werden? Soviel er wisse, gebe es bislang noch keine Verhaftungen. Wie solle er sich diese Untätigkeit der Polizei erklären?

Ketteler antwortete, daß er leider noch völlig im dunkeln tappe. Der Torwächter am Domplatz, in dessen unmittelbarer Nähe Señor Navarrete gestorben sei, habe nichts gesehen und gehört. Auch sonst gebe es keine Hinweise darauf, von wem und warum der spanische Edelmann umgebracht worden sei.

Dann versuchte der Freigraf den Spieß umzudrehen: „Den eigentlichen Sinn meines Besuches sehe ich darin, von Euch, Exzellenz, einige Handreichungen für meine Arbeit zu bekommen. Habt Ihr eine Idee, was Señor Navarrete zur Nachtstunde auf den Domplatz getrieben hat? War er in eine Fehde verwickelt? Und gibt es Namen seiner Feinde, die Ihr mir nennen könnt?"

Nachdem Pater Martin übersetzt hatte, taxierte Peñaranda den Freigrafen mit wässrigen, mürrischen Augen. Schließlich ließ er sich zu einer längeren Antwort herab, die von dem jungen Mann Satz für Satz ins Deutsche übertragen wurde: „Spanien befindet sich mit einigen europäischen Nationen im Krieg. Wir sind nach Münster gekommen, um einen Frieden auszuhandeln, aber noch ist er weit entfernt. Gerade hier am Verhandlungsort gibt es viele Menschen, die der spanischen Krone feindlich gesinnt sind. Da sind die Vertreter Frankreichs, mit dem Spanien einen erbitterten Krieg führt. Und die Portugiesen und Katalanen, die sich unter dem großen Rock Frankreichs verstecken, weil sie ihre Unabhängigkeit von Spanien erlangen wollen. Das Gleiche gilt für die Abgesandten der niederländischen Generalstaaten, die sich von Spanien losgesagt haben. Wie Ihr wißt, Freigraf, hat es bereits in der Vergangenheit Übergriffe gegeben. Französische Meuchelmörder haben meinen Kammerdiener auf dem Gewissen, portugiesische Halunken haben einige meiner Leute auf offener Straße überfallen, und, soweit ich unterrichtet bin, ist Señor Navarrete vor einiger Zeit mit einem Niederländer aneinander geraten. Kurzum, ich bin davon überzeugt, daß Navarrete als treuer und stolzer Spanier bei der Verteidigung der Ehre seines Vaterlandes gestorben ist. Geht in die Gesandtschaften, die ich Euch genannt habe, und sucht dort die Mörder! Ich für meinen Teil werde alle Konsultationen unterbrechen, bis der Vorfall aufgeklärt und der spanischen Krone Genugtuung widerfahren ist. Heute morgen ist ein Bote nach Madrid abgeritten, der den König informieren und um weitere Instruktionen bitten wird."

Ketteler blickte kurz zu Martin und knurrte: „Das hilft mir auch nicht weiter."

„Eure Auskunft ist uns eine große Hilfe", übersetzte Pater Martin rasch. „Trotzdem bittet Euch der Freigraf, auf seine zweite Frage einzugehen. War Señor Navarrete in irgendwelche Händel verwickelt?"

Graf Peñaranda schüttelte unwirsch den Kopf. „Señor Navarrete war ein Ehrenmann. Ich weiß nicht, zu welchem Zweck er gestern abend das Kloster verlassen hat, doch ich bin sicher, daß er sich anständig und tadellos verhalten hat. Für seine Tugendhaftigkeit spricht schon die Tatsache, daß seine Frau ihn hierher begleitet hat."

„Seine Frau ist hier?" fragte Ketteler verwundert. „Können wir mit ihr sprechen?"

„Es geziemt sich nicht, eine Witwe in ihrer Trauer zu stören", lehnte Peñaranda ab.

„Wir dürfen nichts unversucht lassen, das Verbrechen einer schnellen Klärung zuzuführen", insistierte der Freigraf. „Und ich würde gern unter vier Augen mit ihr sprechen, das heißt, unter sechs Augen, mit dem Pater hier an meiner Seite."

Graf Peñaranda sträubte sich, aber schließlich gab er den drängenden Bitten Kettelers nach. Der junge Mann, der als Übersetzer fungierte, führte sie in einen kleineren Raum und bat die beiden Männer zu warten.

Fünf Minuten später trat Señora Navarrete ein. Sie war eine große, schlanke Frau, ganz in Schwarz gekleidet. Ihr Gesicht wurde von einem schwarzen Schleier verhüllt, doch Ketteler schien es, als ob sich darunter ein hübsches Antlitz verbergen würde.

„Ihr wolltet mich sprechen?" übersetzte Pater Martin.

„Ja." Ketteler verbeugte sich. „Ich möchte Euch, im Namen der Stadt Münster, mein aufrichtiges Beileid bekunden."

„Danke."

„Señora Navarrete, ich bedauere zutiefst, Eure Trauer stören zu müssen. Ich bin der Untersuchungsrichter der Stadt, und meine Aufgabe ist es, die Mörder Eures Ehemannes zu überführen. Wollt Ihr mir dabei behilflich sein?"

Ihre dunklen Augen leuchteten hinter dem Schleier. „Soweit ich es vermag."

„Könnt Ihr mir sagen, was Señor Navarrete gestern abend vorhatte?"

Sie wandte ihren Kopf zur Seite und starrte an die Wand. „Nein. Er hat es mir nicht verraten."

Ketteler war überrascht. „Ihr habt keine Ahnung, wo er hin wollte?"

Ihre Stimme klang klar und ruhig: „Genau das, Herr Richter. Señor Navarrete verließ häufig die spanische Residenz, ohne mit mir darüber zu reden. Allerdings machte er keinen Hehl daraus, daß er gern dem Wein und anderen Vergnügungen zusprach. Nicht selten kam er sehr spät in der Nacht zurück. Deshalb machte ich mir keine Sorgen, als ich gestern abend zu Bett ging. Erst als er heute morgen immer noch nicht zurück war, bat ich den Conde de Peñaranda, Nachforschungen anzustellen. Ich nehme an, Herr Richter, wenn Ihr in den Schänken der Stadt herumfragt, werdet Ihr erfahren, wo sich mein Mann aufgehalten hat."

# Fünftes Kapitel

„Nicht gerade das Urbild einer trauernden Witwe", sagte Freigraf Ketteler, als sie wieder auf der Straße standen.

„Ja. Señora Navarrete schien über das Ableben ihres Gatten nicht sonderlich betrübt", stimmte Pater Martin zu.

Ketteler schaute zum Himmel, wo sich dunkle Wolken zusammenschoben. Erste Schneeflocken segelten durch die Luft.

„Verdammtes Wetter", knurrte er. „Warum haben wir nicht die Pferde genommen?"

„Weil Ihr befürchtet, daß Euer Pferd unter Euch zusammenbricht?" sagte Martin trocken.

Der Freigraf grunzte. „Macht Ihr Euch über mich lustig? Habt Ihr denn kein christliches Mitleid mit einem gichtgeplagten alten Mann?" Übertrieben breitbeinig stapfte er voran.

„Keineswegs", versicherte Martin fröhlich. „Es ist ein Wunder, wie Ihr trotz Eurer körperlichen Schwäche die Aufgaben eines Freigrafen so meisterlich bewältigt."

„Das will ich meinen." Ketteler tat so, als hätte er den ironischen Unterton nicht gehört.

„Was steht als nächstes auf dem Programm?" fragte der Pater, nun wieder sachlich.

„Ich fürchte", antwortete sein massiger Begleiter säuerlich, „es bleibt uns nichts anderes übrig, als den Ratschlägen des Grafen Peñaranda zu folgen. Wir müssen die französische, die portugiesische und die niederländische Gesandtschaft aufsuchen und um Auskunft bitten. Vielleicht haben wir Glück, und man liefert uns den Mörder auf einem silbernen Tablett."

„Sollten wir nicht lieber die Anregung der Witwe aufgreifen und die Schankwirte befragen lassen?"

Ketteler grinste. „Schon geschehen, Pater. Heute morgen, bevor ich ins Paulinum kam, habe ich meine Botmeister losgeschickt. Ihr mögt mich für einen Trottel halten, aber manchmal komme selbst ich auf einen klugen Gedanken."

Martin lächelte zurück. „Niemals würde ich so etwas denken, geschweige denn behaupten."

Sie hatten den Spiekerhof erreicht und verließen die Jüdefelder Leischaft.

„Welche Gesandtschaft besuchen wir als erste?" erkundigte sich Martin.

„Ich dachte an die Franzosen", gab der Freigraf zur Antwort. „Die Portugiesen sind bei ihnen untergekrochen, und außerdem liegt die Domkurie, in der sie Quartier genommen haben, auf dem Weg zu den Niederländern."

Er hielt zwei Botmeister an, die auf dem Spiekerhof patrouillierten, und schickte sie zur französischen Residenz, um ihren Besuch anzukündigen.

Die Torwächter am Horsteberg grüßten, als der Freigraf und sein Begleiter die Domimmunität betraten.

Pater Martin dachte nach. „Glaubt Ihr wirklich", sagte er nach einer Weile, „daß uns eine der Gesandtschaften den Täter ausliefert, falls er den Mord gestanden hat?"

Ketteler schüttelte den Kopf. „Nein. Sie werden die Immunität in Anspruch nehmen, die allen Gesandtschaftsangehörigen zusteht. Aber das ist gar nicht so wichtig. Mir würde ein Schuldeingeständnis vollauf genügen. Die Spanier werden zwar maulen, doch letztlich nicht riskieren, die Verhandlungen scheitern zu lassen. Wenn der betreffende Prinzipal klug ist, schickt er den Täter in die Heimat. Und alle sind zufrieden."

Sie kamen an den mächtigen Mauern des Paulusdomes vorbei.

„Diesen Weg muß auch Navarrete genommen haben." Ketteler blieb stehen und blickte nach oben. „Wartet mal!"

Martin folgte seinem Blick. „Meint Ihr, es könnte uns weiterhelfen, wenn wir wissen, wo der Mörder gestanden hat?"

„Es käme auf einen Versuch an. Obwohl ich Treppensteigen hasse."

Durch das Westportal mit dem *Paradies* gelangten sie in den dämmrigen Chorraum. Ketteler wandte sich zu dem Südturm auf der rechten Seite, der dem Michaelistor gegenüberstand. Die Tür am Fuß des Turms war nicht verschlossen. Im schummrigen Licht, das von oben hereinfiel, erkannten sie schemenhaft die ersten Stufen der Wendeltreppe.

„Auf denn!" machte sich der Freigraf Mut.

Bald war der behendere Gottesmann den Augen Kettelers entschwunden. Laut ächzend und Verwünschungen ausstoßend kletterte er hinterher. Trotz der Kälte lief ihm der Schweiß über das Gesicht.

Als er stehenblieb, um zu Atem zu kommen und sich den Schweiß zu wischen, hörte er seltsame Geräusche von oben.

„Pater Martin!" brüllte er die Treppe hinauf. „Was geht da vor?"

Eine Antwort blieb aus, und der Freigraf beschleunigte seine Schritte. „Welche Teufelei ist da im Gange?" murmelte er zu sich selbst. Seine rechte Hand lag auf dem Griff des Dolches, bereit, ihn blitzschnell herauszuziehen und einem Finsterling in den Wanst zu stoßen.

Zwei Absätze weiter warteten drei Männer auf ihn.

„Freigraf!" rief Pater Martin besorgt. „Ihr seht aus, als würde Euch der Schlag treffen."

„Unsinn", keuchte Ketteler und lehnte sich gegen die Wand. Sein Gesicht war puterrot, die Augen glasig.

Neben dem Pater standen der Küster und ein Zimmermann, der sich an der Holztür zu schaffen gemacht hatte. Das erklärte die seltsamen Geräusche.

„Ihr hattet recht", verkündete Martin. „Letzte Nacht hat jemand die Tür zu diesem Raum aufgebrochen."

„Aha." Endlich verschwanden die Sterne, die vor seinen Augen einen wilden Tanz aufgeführt hatten. Mit wackeligen Beinen folgte er dem Pater in das Turmzimmer.

„Von dort aus hat er geschossen." Martin zeigte auf das weit geöffnete Fenster.

Ketteler lehnte sich auf die Fensterbank und sog die eiskalte Luft ein. Zwischen den kahlen Bäumen blitzte das Torhäuschen von Michaelis auf.

„Ein verdammt guter Schütze", wiederholte der Freigraf seinen Gedanken von gestern. Plötzlich fröstelte ihn. Eigentlich lag der Torwächter nicht ganz falsch. Aus einer solchen Entfernung einen Mann ins Herz zu treffen, grenzte an Magie.

„Sieh mal an!" Martin bückte sich und hob einen Armbrustpfeil auf. „Den hat er verloren."

Also doch nur ein Mensch, dachte der Freigraf beruhigt.

Nach dem Abstieg mußte Ketteler auf einer Kirchenbank verschnaufen. Pater Martin sprach kniend ein kurzes Gebet, dann setzte er sich neben den schwer atmenden Polizisten.

„Habt Ihr von dem neuen Getränk gehört", flüsterte der Freigraf, „das die Franzosen von den Türken übernommen haben? Sie nennen es Kaffee. Es wird warm aus Porzellantassen getrunken und soll bitter und zugleich süß schmecken, weil man ein paar Löffel Zucker hineinrührt. Ich hoffe, sie bieten uns etwas davon an."

Martin verzog angewidert das Gesicht. „Ihr wollt das Zeug doch nicht etwa trinken?“

„Warum nicht?“ Ketteler leckte sich die Lippen. „Man sagt, es sei Medizin und banne die faulen Säfte des Körpers.“

„So wie das Kraut, dessen Rauch Ihr einatmet?“

„Sprecht Ihr vom Tabak?“ Der Freigraf lachte leise. „Es gibt nichts Herrlicheres, als mit einer brennenden Pfeife am Kamin zu sitzen. Die Sorgen sind wie weggeblasen. Ihr solltet es mal versuchen.“

„Meine Ordensregeln verbieten mir dererlei Genüsse. Und ich bin nicht traurig darüber.“

„Kennt Ihr die Geschichte von Columbus, der dem ersten Indianer, den er rauchen sah, einen Eimer Wasser über den Kopf schütten ließ, weil er dachte, der wilde Bursche würde innerlich brennen?“

„Das würde ich mit Euch auch gerne machen. Die ganzen Gifte, die Ihr schluckt und einatmet, werden Euch noch umbringen.“

„An irgendetwas muß man ja sterben. Ich habe noch keinen gesehen, der das Leben überlebt hätte. Bis auf Jesus Christus, natürlich.“ Ketteler stand auf. „Und nun laßt uns diese verfluchten hochnäsigen Franzosen besuchen.“

„Mäßigt Eure Worte, Freigraf! Ihr befindet Euch in einer Kirche.“

„Entschuldigt, Pater! Das ist mir so rausgerutscht.“

Die Franzosen stellten die größte Delegation in Münster. Zunächst hatte Kardinal Mazarin die Grafen d'Avaux und Servien geschickt, die mit jeweils mehr als hundertköpfigem Gefolge in der Domstadt eintrafen. Doch die beiden Grafen verband nicht nur ein alter Zwist, sie vertraten auch unterschiedliche politische Positionen, die sie öffentlich austrugen. Als die Bitten der französischen Regierung, sich untereinander zu einigen, nicht fruchteten, sandte man als neuen Prinzipalgesandten und Schlichter den Herzog von Longueville hinterher.

Die junge und schöne Frau des Herzogs, Anne-Geneviève de Bourbon-Condé, die später nachreiste, übernahm sofort die Rolle der Ersten Dame des Kongresses. Ihr Einzug in Münster übertraf an Pracht den aller anderen Gesandten. Mit Kanonendonner und spalierbildenden Soldaten wurde sie empfangen, Maulesel, livrierte Pagen, Edelmänner zu Pferde und die Schweizergarde zu Fuß gingen ihrer Sänfte und den Kutschen ihrer Hofdamen voraus.

Doch trotz vieler Empfänge und Festlichkeiten, die der Herzog für sie veranstaltete, langweilte sich Anne-Geneviève offensichtlich in Münster. Im Herbst hatte sie eine längere Reise in die Niederlande angetreten, und schließlich, vor gut einem Monat, war zu ihrer Belustigung gar ein dressierter Elefant nach Münster geholt worden.

Zusammen mit vielen anderen Schaulustigen hatte Freigraf Ketteler auf dem Prinzipalmarkt gestanden, als das graue Riesentier über die münstersche Prachtstraße stampfte. Mit seinem Rüssel hatte der Elefant eine Fahne gehalten, die er über dem Kopf schwenkte. Außerdem konnte er marschieren, einen Eimer Wasser tragen und Geld aufsammeln. Den größten Spaß aber hatten die münsterschen Kinder, die am Ende der Veranstaltung in Sechsergruppen auf dem Rücken des Elefanten reiten durften.

Im französischen Residenzhof, der nur etwa dreihundert Fuß vom Paulusdom entfernt lag, wurden der Freigraf und Pater Martin vom Grafen d'Avaux empfangen. Die Franzosen trugen neuerdings, wohl um sich vom spanischen Schwarz abzuheben, bunte Gewänder. D'Avaux machte da keine Ausnahme. Sein gelber Tuchrock kam Ketteler allerdings ziemlich aufdringlich vor. Der Freigraf mußte an einen Papagei denken, ein Eindruck, der von der pompösen Perücke noch verstärkt wurde.

Zur Überraschung seiner Besucher sprach d'Avaux ein ausgezeichnetes Deutsch. „Ich war lange Jahre als Botschafter in Deutschland“, erklärte er mit einem gewinnenden Lächeln, „und nach meiner Überzeugung ist es von großem Vorteil, die Sprache des Landes zu sprechen, in dem ich die Krone Frankreichs vertrete.“

„Ich spreche leider nur Deutsch und ein paar Brocken Latein“, entschuldigte sich Ketteler. „Aber Pater Martin hier ist ein wahres Sprachgenie.“

Martin errötete schamhaft und behauptete, das sei eine gewaltige Übertreibung.

D'Avaux rieb sich die Hände. Im Audienzsaal der Kurie war es empfindlich kalt. „Möchten die Herren eine Tasse Kaffee, ein Getränk, das den Leib und die Seele wärmt?“

„Sehr gern“, antwortete der Freigraf wie aus der Muskete geschossen.

„Nein, danke, für mich nicht“, widersprach Martin.

„Es handelt sich nicht um ein berauschendes Getränk, Pater“, versicherte der Graf. „Im Gegenteil: Es macht den Kopf klar und stärkt die Kräfte des Geistes. Auch Kardinal Mazarin trinkt täglich seinen Kaffee.“

„Nein, ich habe wirklich keinen Durst“, blieb der Jesuit hartnäckig.

D'Avaux klatschte in die Hände und gab dem herbeieilenden Diener einen Befehl auf Französisch. Kurze Zeit später kehrte der Mann mit einem Tablett und zwei dampfenden Tassen zurück, die er vor dem Grafen und dem Freigrafen abstellte.

Schlürfend nahm Ketteler einen Schluck von der schwarzen Brühe.

„Nun?“ fragte d' Avaux gespannt.

Ketteler hustete. „Heiß.“

„Ja, Kaffee muß heiß getrunken werden.“

Der Freigraf nahm einen zweiten Schluck. „Und süß.“

„Das macht der Zucker.“ D'Avaux lächelte. „Jetzt sollten wir auf den Zweck Eures Besuches zu sprechen kommen. Ihr seid in offiziellem Auftrag hier, nehme ich an.“

Ketteler wurde ernst. „Ihr habt sicher davon gehört, daß in der letzten Nacht ein spanischer Edelmann ermordet worden ist. Am Michaelistor, gleich hier in der Nähe. Dummerweise fehlt noch jegliche Spur von seinem Mörder.“

D'Avaux schaute ihn erwartungsvoll an.

„Wie Ihr Euch vorstellen könnt“, fuhr Ketteler fort, „sind die Spanier aufs Äußerste erzürnt. Und ihr Verdacht fällt, Gott sei's geklagt, auf die Kriegsgegner der spanischen Krone, mit denen auf den Schlachtfeldern manch blutiger Strauß ausgefochten wurde. Deshalb komme ich nicht umhin, Euch zu fragen: Hat einer Eurer Männer die Tat begangen?“

Graf d'Avaux blieb ruhig und verbindlich. „Das sieht dem Grafen Peñaranda ähnlich, daß er solche Mutmaßungen anstellt. Aber nein, Freigraf, ich kann Euch beruhigen: Wir Franzosen waschen unsere Hände in Unschuld. Wir haben dem Spanier kein Haar gekrümmt.“

„So ganz unbegründet scheinen mir derlei Gedanken nicht“, insistierte Ketteler. „Ich erinnere Euch an den Zwischenfall mit dem Kammerdiener Peñarandas.“

Der Franzose nickte betrübt. „Eine peinliche, höchst bedauernswerte Episode. Glaubt mir, Freigraf, wir sind nach Münster gekommen, um einen wahren, wirklichen und dauerhaften Frieden zu schaffen.“ Er legte theatralisch die Faust an die Brust. „Alles, was dieses Vorhaben stören könnte, ist so überflüssig wie die Pest. Um ehrlich zu sein, Freigraf, auch ich war ein wenig erschrocken, als ich heute morgen von der

Tat hörte. Zusammen mit dem Herzog von Longueville und dem Grafen Servien habe ich beraten, was zu tun sei. Wir haben die Angelegenheit sehr, sehr ernst genommen. Unser Sicherheitsdienst wurde beauftragt, jedes einzelne Mitglied der französischen Gesandtschaft, ob Edelmann, Page oder Pastetenbäcker, zu befragen. Und das Ergebnis ist eindeutig: Kein Franzose war an der Tat beteiligt. Andernfalls, dessen kann ich Euch versichern, hätte ich mit eisenharter Faust durchgegriffen."

Ketteler trank den letzten Schluck des inzwischen lauwarmen Kaffees. Jetzt schmeckte er bitter.

„Gilt das auch für die Gäste in Eurer Botschaft, für die Portugiesen und die Katalanen?"

„Ja, uneingeschränkt ja. Ich vertraue den Worten ihrer Gesandten. Sie würden es nicht wagen, die französische Gastfreundschaft zu mißbrauchen."

„Nun", der Freigraf erhob sich, „dann will ich Euch nicht länger stören. Ich danke Euch herzlich für Eure Auskünfte."

D'Avaux brachte seine Gäste zur Tür. „Ich würde mich freuen, Euch übermorgen bei der Aufführung unseres Friedensballetts in der Ratskammer wiederzusehen, lieber Freigraf. Das gleiche gilt natürlich auch für Euch, Pater."

Martin öffnete schon den Mund, um sein Bedauern zu äußern, da sagte Ketteler: „Wir kommen beide gerne, nicht wahr, Pater Martin?"

„Aber ich ..."

„Er ist so ein bescheidener Mensch, Graf d'Avaux. Ich werde dafür sorgen, daß er mich begleitet."

D'Avaux lächelte höflich.

„Warum wollt Ihr mich unbedingt zu diesem Friedensballett schleppen?" maulte Martin, als sie auf dem windigen Domplatz standen. „Für einen Ordensmann geziemt es sich nicht, einer solchen Frivolität beizuwohnen."

„Papperlapapp", knurrte Ketteler. „Ein Friedensballett dient dem Frieden, nehme ich an, und nicht der Lustbarkeit. Außerdem schadet es nichts, wenn wir die Franzosen im Auge behalten. Ich traue dem Grafen d'Avaux nicht. Seine Zusicherung, daß sich der Täter nicht in der französischen Residenz aufhält, kam allzu eilfertig. Wie will er das bei über vierhundert Köpfen, die die Franzosen zählen, die Portugiesen und Katalanen nicht eingerechnet, überhaupt prüfen?"

Martin dagegen traute den Worten Kettelers nicht. Mißtrauisch suchte er im Gesicht des Freigrafen nach Anzeichen für diebische Freude über den gelungenen Streich.

„Wie hat Euch denn der Kaffee geschmeckt?" fragte er spitz. „Ihr seid ganz grün im Gesicht und Eure Hände zittern."

„Unsinn", lachte Ketteler. „Ich merke fast nichts. Ehrlich gesagt, habe ich mir mehr versprochen. Das heißt, ein bißchen wacher fühle ich mich schon, und unternehmungslustig."

„Und wohin führt uns Euer Unternehmungsgeist als nächstes?" ergab sich Martin in sein Schicksal.

Ketteler hauchte in seine eiskalten Hände. „Zu den Niederländern. Dann haben wir es hinter uns."

In diesem Moment kam ein berittener Botmeister herangesprengt. Vor den beiden Männern zügelte er sein Pferd. „Ich habe Euch schon überall gesucht, Herr Freigraf."

„Hier bin ich", rief Ketteler. „Was gibt es?"

„Wir haben die Schänke gefunden, in der sich der Spanier letzte Nacht aufgehalten hat."

# Sechstes Kapitel

Der Wirt in der Schänke *Zum wilden Mann* auf der Salzstraße zuckte zusammen, als Freigraf Ketteler und Pater Martin eintraten. Ketteler blieb an der Tür stehen und musterte mit einem Feldherrnblick die Runde. Nur wenige Zecher saßen auf den Bänken und schlürften Dünnbier oder löffelten eine Suppe. Es stank nach Bier und Branntwein, und das auf dem Boden ausgelegte Stroh, das sich mit Dreck und Essensresten mischte, hätte schon längst erneuert werden müssen. Die kleinen, beweglichen Schatten unter den Tischen hielt Ketteler jedenfalls für Ratten, ein sicheres Zeichen, daß es der Schänke an Reinlichkeit mangelte.

Der Mann mit den kurzen, graublonden Haaren und dem ungepflegten Kinnbart näherte sich unterwürfig: „Herr Freigraf, was verschafft mir die Ehre?"

„Du bist der Schankwirt?" donnerte Ketteler.

„Rolf Wißman, jawohl, Herr Freigraf."

„Einen rechten Saustall führst du, Wißman."

Der Wirt warf einen kurzen Blick über die Schulter. „Ja. Es müßte mal gefegt werden. Aber die Frau ist krank, und der Bursche ... Ihr wißt ja, wie das ist."

Der Freigraf packte die aus derbem braunen Stoff gefertigte Jacke des Mannes und zog ihn näher zu sich heran. Unter der Jacke kam ein schmutzig-weißes Hemd zum Vorschein.

„Warum bist du so ängstlich? Hast du etwas verbrochen?"

„Nein, nein, es ist nur, weil Ihr selbst ... Ich meine, Eure Botmeister waren hier und haben nach einem Spanier gefragt. Ich dachte nicht, daß das so wichtig ist."

„Der Spanier war also hier?“

„Ja. Das heißt, ich glaube, daß es ein Spanier war. So genau weiß ich es nicht.“

„Was hat er gemacht?“

„Nichts weiter.“ Wißman wich dem Blick des Freigrafen aus. „Er hat da auf der Bank gesessen und seinen Wein getrunken.“

Ketteler gab dem Mann einen Stoß, so daß er mehrere Schritte rückwärts taumelte. „Du lügst. Entweder du spuckst jetzt die volle Wahrheit aus, oder ich stecke dich in den Turm.“

„Was wollt Ihr nur von mir?“ jammerte Wißman. „Ich bin ein kleiner Schankwirt, der sehen muß, wie er über die Runden kommt. Ich kann es mir nicht leisten, Gäste abzuweisen. Und manchmal kommen auch Frauen, die, nun ja, auf der Suche nach Männern sind.“

„Aha.“ Kettelers Stimme klang scharf wie geschliffenes Eisen. „Hier verkehren also leichte Mädchen.“

„Verkehren wäre zuviel gesagt. Eigentlich recht selten ...“

„Du weißt, was auf Kuppelei steht?“ unterbrach ihn Ketteler. „Möchtest du ein paar Jahre im Kerker schmoren oder aus der Stadt geworfen werden?“

„Nein, bitte, Herr Freigraf! Tut mir das nicht an!“

„Ich könnte darüber hinwegsehen“, lockte der Freigraf, „wenn du mir haarklein berichtest, was hier gestern abend geschehen ist.“

Wißman stöhnte. „Eines dieser Mädchen, Catharina heißt sie, ist hereingekommen und hat sich zu dem Spanier gesetzt.“

„Und weiter?“

„Na, die beiden haben Wein getrunken und ein bißchen poussiert. Und dann sind sie zusammen weggegangen.“

„Mehr war da nicht? Hat es vielleicht einen Streit gegeben?

Ein anderer Mann, der ebenfalls mit Catharina abziehen wollte?"

„Nein." Wißman hob drei Finger. „Beim Heiligen Vater und allen Heiligen, ich schwöre, daß ich die Wahrheit sage. Allerdings ..."

„Rede, Mann!" grollte Ketteler erneut.

„Heute morgen ist ein anderes Mädchen erschienen. Sie hat sich nach Catharina erkundigt. Sie schien besorgt zu sein, weil Catharina in der letzten Nacht nicht nach Hause gekommen ist."

Pater Martin, der die ganze Zeit schweigend zugehört hatte, konnte seine Neugier nicht länger zügeln. „Ist die andere Frau auch, äh, ein leichtes Mädchen?"

Wißmann zuckte mit den Schultern. „Die andere kenne ich nicht. Aber es ist gut möglich."

„Wißt Ihr, wie sie heißt?"

„Nein, sie hat ihren Namen nicht genannt."

„Dann könnt Ihr uns vielleicht sagen, wo Catharina wohnt?"

Wißman überlegte. „Sie hat es mal erwähnt. Wartet! Irgendwo in der Liebfrauen-Leischaft. Ich glaube, auf dem Lappenbrink."

„Wir sollten sie sofort aufsuchen", wandte sich Martin an den Freigrafen. „Die beiden Frauen wohnen anscheinend zusammen. Und wenn wir Catharina finden, wissen wir auch, was Navarrete zugestoßen ist."

„Gemach, gemach, Pater!" Ketteler rieb sich den Wanst. „Ihr habt natürlich recht. Aber in meinem Magen ist ein riesiges Loch, das gefüllt werden will. Mit leerem Bauch kann ich nicht denken."

Martin verzog angewidert das Gesicht. „Ihr wollt doch nicht etwa in dieser Spelunke essen?"

„Warum denn nicht? Hast du was Anständiges auf dem

Ofen?“ Die letzte Frage galt dem Wirt.

„Gewiß“, versicherte der. „Ich könnte Euch ein leckeres Hühnchen anbieten. Ihr seid selbstverständlich eingeladen.“

Der Freigraf nickte gnädig. „Und dazu einen Roten, falls er nicht zu sauer ist.“

Seufzend bestellte Martin einen Hirsebrei und einen Becher Dünnbier.

Schmatzend legte Ketteler die abgenagte Hühnerkeule auf den Tisch. „Ah! Das kam zur rechten Zeit. Mögt Ihr die Pampe nicht?“

Martin hatte seinen Hirsebrei kaum angerührt. „Ich habe keinen großen Hunger. Woher wußtet Ihr, daß der Wirt lügt?“

Der Freigraf zwinkerte. „Eine Menge Augen und Ohren stehen in meinen Diensten. Ich muß doch wissen, wo die Täubchen ein- und ausfliegen und wo sich die Füchse treffen, um Hühner zu stehlen.“

„Und Ihr unternehmt nichts dagegen?“

„Ach.“ Ketteler riß einen Hühnerflügel ab. „Den Wirten kann man nicht nachweisen, daß sie daran verdienen. Und was mit den Huren geschieht, habe ich Euch schon gesagt. Meist sind es ja arme, vom Leben gebeutelte Weiber. Haben sich irgendwo auf dem Dorf einen unehelichen Balg andrehen lassen und kommen dann in die Stadt, um das einzige zu verkaufen, was sie noch besitzen: ihren Leib.“

„Das rechtfertigt kein Leben in Sünde“, sagte Martin scharf.

„*Ihr* müßt das so sehen, Pater.“ Ketteler spuckte einen Hühnerknochen auf den Tisch. „Aber *ich* richte über Straftaten und nicht über Moral. Obwohl“, er trat nach einer Ratte, die sich bis unter ihren Tisch vorgewagt hatte, „man dieses Drecksloch wirklich schließen sollte.“

Der Wirt brachte einen zweiten Becher Rotwein. „Für Euch noch ein Bier, Pater?“

„Nein, danke“, wehrte Martin ab.

Der Freigraf nahm einen tiefen Schluck. „Als nächstes habe ich zwei und zwei zusammengezählt. Nach dem, was uns Señora Navarrete erzählt hat, war ihr seliger Gatte nicht der Mann, der still in einer Schänke sitzt und einsam seinen Rotwein kippt. Also, dachte ich, klopf einfach mal ein bißchen auf den Busch! Und siehe da, wir haben die erste Spur in unserem vermaledeiten Fall.“

Sie saßen an der hinteren Wand der Schänke, neben dem prasselnden Kaminfeuer.

Martin sah zu, wie sich Ketteler über die Reste des Hühnchens hermachte. „Wie geht es eigentlich Eurer Tochter?“

Die Hand, die einen Fleischbrocken hielt, stockte auf halbem Weg zum Mund. Die gute Laune des Freigrafen war auf einen Schlag wie weggeblasen. „Immer noch nicht besser“, sagte er zerknirscht. „Sie liegt den ganzen Tag im Bett und ißt kaum etwas. Das einzige, wofür sie sich interessiert, sind Bücher mit traurigen Gedichten.“ Er senkte die Stimme zu einem Flüstern, das gleichwohl bis in den letzten Winkel der Schänke drang. „Ich habe heute morgen mit Doktor Rottendorff gesprochen. Er sagt, es könne sich um Melancholie handeln, schwarze Galle im Blut. Er will sie sich ansehen und eine Medizin zubereiten.“

Martin lehnte sich zurück. „Sobald ich die Zeit finde, würde ich gern mit Anna sprechen.“

Ketteler wurde blaß. „Glaubt Ihr, daß sie von einem bösen Geist besessen ist? Wollt Ihr den Dämon austreiben?“

Der Pater lächelte. „Exorzismus ist kein Allheilmittel. Erst einmal möchte ich nur mit ihr reden. Ich lese nämlich auch Bücher mit traurigen Gedichten.“

# Siebtes Kapitel

Der Lappenbrink war eine schmale Straße in der Liebfrauen-Leischaft, in der Nähe des Klosters Hoffringe. Einige alte Frauen, die der Freigraf befragte, hatten angeblich keine Ahnung, wo die Hure Catharina wohnte, doch schließlich führte sie ein kleiner Junge zu einem schmalen Fachwerkhaus, das sich verdächtig krumm und schief zum Nachbarhaus neigte.

Ein dreckiger Finger zeigte zum Dach. „Da oben wohnt sie."

„Danke, mein Junge." Ketteler drückte ihm einen Kreuzer in die Hand, und der Kleine rannte freudestrahlend davon.

„Nun denn, Pater!" Ketteler holte tief Luft. „Mir bleibt wohl nichts erspart. So viel gelaufen und geklettert wie heute bin ich schon lange nicht mehr."

Martin lächelte. „Ein bißchen Bewegung tut Euch ganz gut."

„Ein bißchen, ganz richtig. Aber zuviel ist ungesund. Das gilt für den Wein und besonders für die körperliche Ertüchtigung."

„Soll ich allein hinaufgehen?" fragte Martin schmunzelnd.

„Nein." Der Freigraf spielte den Gekränkten. „Ich bin vielleicht alt, aber noch lange kein Greis."

Laut schnaufend erklomm Ketteler die Stufen der Stiege. Oben, unter der Dachschräge, befand sich eine einzige, zugige Kammer. Polternd riß der Untersuchungsrichter die Tür auf.

Eine junge Frau in schwarzem Umhang und mit Haube

blickte ihn erschrocken an. Offensichtlich wollte sie gerade gehen, denn vor ihr, auf den Holzdielen, lag ein prallgefüllter Reisesack.

„Wer seid Ihr?“ fragte die Frau mit zitternder Stimme.

„Ich bin Bernd Ketteler, der Freigraf der Stadt Münster.“ Er schob sich seitlich durch den Türrahmen. „Und mit wem habe ich die Ehre?“

„Mein Name ist Maria Teckenborg.“

Ketteler blickte sich um. Das Zimmer war ärmlich eingerichtet, aber sauber. Zwei wackelige Betten, gefüllt mit Strohsäcken, nahmen die gerade Rückwand in Beschlag, das übrige Mobiliar bildeten zwei Stühle und eine Truhe. Neben der Tür standen ein Krug Wasser und eine Schüssel. Die Luft im Raum war so kalt, daß sich auf dem Wasser eine dünne Eisschicht gebildet hatte. Einen Ofen oder Kamin gab es nicht.

Der Freigraf baute sich vor Maria Teckenborg auf. Ihre Augen waren rotgerändert, als hätte sie lange geweint.

„Hast du die Absicht zu verreisen?“

„Ja.“ Ihr Blick flatterte.

„Wohin?“

„Nach Raesfeld. Dort wohnt meine Familie.“

Kettelers Stimme dröhnte laut und schroff. „Warum, wenn ich fragen darf?“

„Es gefällt mir nicht mehr in Münster.“ Sie griff nach dem Sack und zog ihn zu sich heran. „Ich kann gehen, wohin ich will. Ich habe nichts Verbotenes getan.“

Der Freigraf ging nicht darauf ein. „Wart Ihr heute morgen in der Schänke *Zum wilden Mann*?“

Maria Teckenborg zuckte zusammen. „Woher wißt Ihr das?“

„Wo ist die Hure Catharina?“

Plötzlich fiel die mühsam aufrechterhaltene Beherrschung

von ihr ab, Tränen schossen ihr in die Augen. „Ich... sie ist verschwunden."

„Rede, Weib!" donnerte Ketteler. „Was ist heute nacht geschehen?"

Schluchzend sank die junge Frau zusammen.

Pater Martin legte eine Hand auf die Schulter seines bulligen Freundes. „Laßt mich mit ihr reden!" flüsterte er. „Wartet bitte draußen!"

Der Freigraf sah ein, daß er mit seinen Methoden nicht weiterkam, und verzog sich ins Stiegenhaus.

Martin hockte sich neben die weinende Frau auf den Boden und sprach ein Gebet. Langsam beruhigte sie sich.

„Du verdingst dich auch als Hure, nicht wahr?" fragte Martin leise.

Sie nickte.

„Und du bist zu Tode erschrocken, weil du glaubst, daß Catharina etwas zugestoßen ist?"

Sie nickte erneut. „Es ist ein fürchterliches Leben, Pater. Die Männer sind so grausam. Sie schlagen und treten uns, weil sie glauben, wir wären der letzte Dreck. Catharina hat das immer viel leichter genommen als ich. Sie hat gelacht und gescherzt. 'Du mußt die Männer nehmen, wie sie sind', hat sie gesagt, 'dann kommst du mit ihnen zurecht.' Und jetzt ist sie tot."

„Woher weißt du das?"

„Sie ist immer zurückgekommen. Sie läßt mich nicht allein, nicht Catharina. Sie war so etwas wie eine große Schwester für mich."

„Möglicherweise ist sie verletzt und liegt im Hospital."

„Ich habe schon im Armenhospital nachgefragt."

„Trotzdem mußt du nicht das Schlimmste annehmen. Ich verspreche dir, wir werden Catharina suchen und sie finden. Und jetzt sag mir, wann du sie zuletzt gesehen hast!"

„Gestern abend, so gegen sieben. Sie hatte sich fein gemacht und wollte in den *Wilden Mann*."

„Wie macht ihr das, wenn ihr, äh, auf Männerfang geht?"

„Was meint Ihr, Pater?"

Martin errötete. „Wohin geht ihr mit den Freiern?"

„Ach so. Mal hierhin, mal dorthin, je nachdem." Langsam faßte sie Zutrauen zu dem schüchternen Priester. „Wenn die Männer es sich leisten können, nehmen wir ein Zimmer in einer Schänke, wenn nicht, bringen wir sie hier herauf. Die andere geht dann solange raus. Oder ...", sie wandte sich ab, „... wir machen es ihnen in einer dunklen Ecke."

Martin schluckte. Mit belegter Stimme fragte er: „Und du warst gestern nicht unterwegs?"

„Nein, ich hatte meine Tage und fühlte mich nicht wohl."

„Warum bist du so sicher, daß Catharina nicht bei einem Mann geblieben ist?"

„Sie ist nie geblieben. 'Du mußt gehen, bevor es ihnen leid tut', waren ihre Worte. 'Wenn du bis zum Morgen bleibst, halten sie es für Liebe und fordern ihr Geld zurück.' Catharina kam spätestens um Mitternacht zurück. So hat sie es gehalten, seitdem wir zusammen sind."

Martin nickte ihr aufmunternd zu. „Denk nach, Maria! Wollte Catharina einen bestimmten Mann treffen?"

Die Frau überlegte. „Schon möglich."

„So etwas kam also vor?"

„Ja, manchmal hat sie Verabredungen getroffen."

„Der Wirt in der Schänke *Zum wilden Mann* hat uns erzählt, daß sie mit einem Spanier poussiert habe."

„Nein!" Maria schaute ihn entsetzt an. „Dann ist es wahr", schluchzte sie.

„Was ist wahr?"

„Sie ist tot. Ich hab's heute beim Bäcker gehört: Man hat den Spanier ermordet." Sie vergrub das Gesicht in den Händen, Tränen tropften auf ihren Rock.

Martin strich ihr über den Kopf. „Als der Spanier getötet wurde, war Catharina nicht bei ihm. Solange die Polizei ihre Leiche nicht gefunden hat, besteht noch Hoffnung."

„Sie ist tot", beharrte Maria.

Er hätte gern widersprochen, doch auch ihm fehlte die Überzeugung. „Kannte sie den Spanier?" fragte er statt dessen.

Ihr Kopf bewegte sich auf und ab.

„Wie haben sich die beiden verständigt?"

„Er sprach ein paar Brocken Deutsch", kam es dumpf hinter den Händen hervor. „Pater, was soll ich nur tun?"

„Geh zu deiner Familie!" sagte er warmherzig. „Du hast ein Leben in Sünde geführt, aber wenn du bereust und Gott um Verzeihung bittest, kannst du Gnade erlangen. Es wird nicht einfach für dich sein. Die Leute werden sich von dir abwenden oder dich anspucken. Laß es geschehen! Führe ein bescheidenes und gottesfürchtiges Leben! Das ist mein Rat."

Sie richtete sich auf und griff nach seiner Hand. „Glaubt Ihr, daß ich das schaffe?"

„Ja, das glaube ich."

„Ich war dumm", sagte Ketteler zerknirscht. „Ich hätte sie nicht so grob behandeln sollen."

„Zum Glück hattet Ihr mich." Ein leises Lächeln huschte über das Gesicht von Pater Martin. „So etwas nennt man wohl vertauschte Rollen."

Der Freigraf guckte ihn fragend an.

„Erinnert Ihr Euch an unser Gespräch in der Schänke: Ihr habt Verständnis für die Huren geäußert, ich beharrte auf dem Standpunkt der Kirche. Und kaum stehe ich einer solchen Sünderin gegenüber, zerfließe ich schon vor Mitleid."

Die beiden Männer gingen eine Weile wortlos weiter. Der

kurze Wintertag neigte sich seinem Ende zu, und in den Gassen, die zum Domplatz zurückführten, wurde es bereits düster.

„Solange wir Catharina nicht gefunden haben, kommen wir nicht weiter“, brach Ketteler das Schweigen. „Glaubt Ihr, daß sie die Stadt verlassen hat?“

„Ohne ihrer Busenfreundin eine Nachricht zukommen zu lassen? Mit nichts weiter als einem Kleid auf dem Leib? Nein.“

„Dann geht Ihr also auch davon aus, daß sie tot ist?“

Der Jesuit zuckte resignierend mit den Schultern.

„Aber warum ist sie ermordet worden?“ dachte der Freigraf laut. „Und wer macht sich die Mühe, ihre Leiche zu verstecken? Das alles ergibt doch keinen Sinn.“

„Vielleicht hat Catharina die Auseinandersetzung zwischen Navarrete und seinem späteren Mörder mitbekommen, ich meine die Messerstecherei, von der Ihr mir berichtet habt. Nachdem der Schurke sein Opfer auf dem Domplatz niedergestreckt hatte, ist er dann zurückgekommen, um die Zeugin zu beseitigen.“

„Ja, so könnte es gewesen sein“, stimmte Ketteler zu. „Aber ohne Leiche bleibt die Spur kalt. Was bleibt da noch übrig?“ Er rieb sich unfroh die Hände. „Die niederländische Gesandtschaft.“

„Ich bitte um Verzeihung, Freigraf, doch dorthin kann ich Euch nicht mehr begleiten.“

„Wieso?“

„Ich muß zum Paulinum zurück. Ich habe ohnehin schon ein schlechtes Gewissen, weil ich meine Schüler vernachlässigt habe. Das Drama ist sehr wichtig für die Schule. Die meisten Stadträte besuchen die Aufführung und auch etliche katholische Gesandte. Wenn der Rektor erfährt, womit ich den

Tag verbracht habe, bekomme ich seinen Zorn zu spüren."

„Na ja", sagte der Freigraf lahm, „die Niederländer können auch bis morgen warten. Seit dem frühen Morgen laufe ich mir die Beine krumm."

„Wo soll ich Stühle für Euch reservieren lassen?" fragte Martin beiläufig. „Vorne oder lieber hinten?"

„Stühle? Wofür?"

„Nun, ich rechne fest mit Eurem Erscheinen morgen abend. Und ich hoffe, Ihr bringt Eure Gattin und Anna mit. Die Abwechslung wird ihr gut tun."

Der Freigraf verhaspelte sich: „Eigentlich wollte ich gar nicht ... ich meine ..."

„Ist Euch das französische Friedensballett vielleicht wichtiger als ein katholisches Lehrstück?"

„Nein ..."

„Und habt Ihr mich nicht dazu verpflichtet, die Darbietung der Franzosen zu betrachten?"

„Ja ..."

„Ganz sicher wollt Ihr nicht mit zweierlei Maß messen?"

„Nein." Ketteler streckte die Waffen: „Ich werde versuchen, Anna zu überreden. Aber versprechen kann ich nichts. Was werden Eure Schüler denn spielen?"

„*Sankt Alexander Carbonarius.* Ein Stück über die Gefahren der Eitelkeit. Sehr lehrreich und gewinnbringend."

„Oh ja", stöhnte Ketteler, „ich verstehe."

Natürlich interessierten sich die Schüler viel mehr für den Mord als für die Probe. Aufgeregte Knabenstimmen schwirrten durch die Aula des Paulinums: „Wißt Ihr schon, wer der Mörder ist, Pater Martin? Wie habt Ihr ihn entlarvt? Oder ist der Täter noch gar nicht verhaftet? Läuft er etwa frei in der Stadt herum?"

Anscheinend hatte sich die Angelegenheit in der Schule schnell herumgesprochen. Jeder, ob Schüler oder Lehrer, wußte Bescheid.

„Ruhe!" schrie Martin. „Ich will jetzt nichts mehr über den Mord hören. Wir beschäftigen uns ausschließlich mit dem heiligen Alexander. Was ich gesehen habe, gefällt mir gar nicht. Christoph, du spielst den Alexander zu tolpatschig. Er ist ein weiser und wegen seiner Schönheit verehrter Mann, also benimm dich auch so! Und Simon! Der Bub des Köhlers bewundert Alexander. Etwas mehr Begeisterung, wenn ich bitten darf! Gerd! Wenn du den Text morgen früh nicht flüssig aufsagen kannst, übernimmt Dietrich den Gregorius. Also!" Martin klatschte in die Hände. „Ich möchte das Stück jetzt vom Anfang bis zum Ende sehen. Stellt euch vor, ihr würdet coram publico spielen!"

# Achtes Kapitel

Als Ketteler sein Haus in der Lütgen Gasse betrat, empfing ihn Johan, der Diener, mit besorgtem Gesicht.

„Da sind Leute aus Senden, Herr. Es scheint, es gibt dort Schwierigkeiten."

„Schwierigkeiten habe ich selber genug", knurrte der Freigraf. „Wo sind sie?"

„Ich habe sie in die Stube geleitet."

„Wie lange warten sie schon?"

„Seit drei Stunden, Herr. Wir wußten ja nicht, wo Ihr wart. Wir haben ihnen auch zu essen und Wein gebracht, doch das konnte ihre Ungeduld nur vorübergehend besänftigen. Jetzt fragen sie alle fünf Minuten nach Euch."

„Einen Happen könnte ich auch vertragen." Ketteler rieb sich den Bauch. „Aber gut. Der Dienst geht vor."

Bevor er die Stufen zur Stube hinaufstieg, nahm er die Tonpfeife vom Kaminsims und stopfte sie mit Virginia-Tabak. Wenigstens ein Pfeifchen wollte er genießen, wenn er schon den Feierabend verschieben mußte.

In der Stube bollerte ein Ofen, und es war mollig warm. Die Stube war der einzige Raum im Haus, in dem kein Bett stand. Hier tätigte der Freigraf seine Dienstgeschäfte, empfing Besucher, gab seinen Untergebenen Anweisungen und erledigte den Schriftverkehr.

Drei Männer saßen rund um den Tisch. Ketteler kannte sie vom Sehen, es waren betuchte Bürger des Dorfes Senden.

Die drei erhoben sich.

„Behaltet doch bitte Platz!“ sagte der Freigraf jovial und paffte eine dunkle Rauchwolke in die Luft. „Noch einen Becher Wein? Es tut mir leid, daß Ihr warten mußtet. Ein heimtückischer Mordanschlag hält mich in Atem.“

„Wir haben davon gehört“, erwiderte der älteste der Männer, ein Grauhaariger mit wettergegerbtem Gesicht. Seine Miene war undurchdringlich, auch die beiden anderen wirkten ernst. „Und Wein haben wir genug getrunken. Wenn Ihr nichts dagegen habt, Freigraf, möchten wir gleich unser Anliegen vorbringen. Wir wollen nämlich heute abend noch zu unseren Familien zurück.“

„Bei diesem Wetter?“ wunderte sich Ketteler. „Ihr könnt in meinem Haus übernachten und morgen früh zurückreiten.“

„Vielen Dank für Euer Angebot, aber wir sind in großer Sorge.“ Der Alte machte den Wortführer. „Ich bin der Kellerwirt Berendt Schmitz, und die beiden Männer, die mich begleitet haben, sind der Schneider Bernard Mensinck und der Böttcher Henrich Bronnk.“

Die beiden anderen verneigten sich.

„Wir vertreten die große Mehrzahl der Bewohner Sendens und bitten Euch, den von der Stadt ernannten Richter, um tatkräftiges Einschreiten.“

„Nur zu!“ ermunterte ihn Ketteler. „Redet frei heraus!“

„Vor einigen Wochen ist in Senden die Pest ausgebrochen.“

„Das ist mir bekannt, und ich habe eindeutige Befehle erteilt, wie mit der Seuche umzugehen ist.“

„Schon wahr“, nickte der Alte. „Doch die Polizeidiener, die Ihr nach Senden geschickt habt, sind nicht in der Lage, Euren Befehlen die notwendigen Taten folgen zu lassen.“

„Wieso denn nicht?“ brauste der Freigraf auf. „Was sind das für Trottel?“

„Sie haben Angst. Vor der Pest und vor den kräftigen Söhnen der Familie Lippers. Die Lippers sind das eigentliche

Problem. Der älteste Sohn Caspar hat die Pest aus Coesfeld eingeschleppt. Nachdem er krank wurde, hat er noch mehrere andere aus der Familie angesteckt. Aber die Lippers weigern sich, im Haus zu bleiben. Sie haben keinen Strohkranz aufgehängt, und sie tragen auch keinen weißen Stock bei sich, wenn sie auf die Straße gehen. Und, was am schlimmsten ist, ihre Kinder laufen herum und spielen mit den anderen Kindern. Bis jetzt sind drei Menschen an der Pest gestorben, Freigraf, mindestens fünf liegen krank in den Betten, und täglich werden es mehr."

„Verdammte Sauerei", knurrte Ketteler. „Haben die Polizeidiener denn überhaupt nichts unternommen?"

„Doch. Zweimal haben sie die Lippers an die Pestordnung erinnert. Beim zweiten Mal wurden sie von den lipperschen Söhnen verprügelt. Seitdem halten sie sich dem Haus fern."

„Diese Feiglinge! Man sollte sie ..." Der Freigraf zog wütend an seinem Bart. „Zu dumm, daß ich hier im Moment nicht wegkomme."

„Herr Freigraf", meldete sich der, den der Alte als Böttcher Bronnk vorgestellt hatte, „wir wissen, daß Ihr in Münster wichtige Geschäfte zu erledigen habt, aber bedenkt, daß auch die Sendener treue Untertanen der Stadt sind. Wir brauchen Eure Hilfe."

„Guter Mann", murmelte Ketteler, „hier in Münster geht es um Krieg und Frieden in ganz Europa. Ich kann mich nicht einfach aus dem Staub machen. Der Stadtrat würde mich aus dem Amt jagen, und das wäre nicht einmal das Schlimmste. Ich muß diesen verdammten Mord aufklären." Er stopfte seine erloschene Pfeife mit dem bloßen Daumen und dachte angestrengt nach, während er sie erneut anzündete. „Paßt auf! Ich denke, ich kann es in zwei oder drei Tagen einrichten, für ein paar Stunden nach Senden zu kommen. Bestellt den Polizeidienern, daß ich sie höchstpersönlich windelweich prügeln werde, wenn sie die Pestordnung nicht durchsetzen! Sie sollen den Lippers androhen, daß deren Haus von außen zugemauert wird, wenn sie sich nicht an die Vorschriften halten. Vor allem die Kinder müssen im Haus bleiben. Gebt ihnen Brot und Wasser und was sie sonst noch brauchen! Und achtet darauf, daß die Toten sofort verbrannt werden, mitsamt ihrer Kleidung und aller Wäsche! Manch geizige Witwe, die die Hose ihres verstorbenen Mannes retten wollte, erlag bald selbst der Seuche."

Der Alte stand auf. „Vielen Dank für Eure Ratschläge!" kam es kalt von seinen Lippen.

„Ich würde gern mehr für Euch tun, aber ..."

„Senden ist nicht Münster", unterbrach ihn Schmitz bitter. „Ihr müßt machen, was Ihr für richtig haltet." Er ging zur Tür, Mensinck und Bronnk schlossen sich ihm an.

„Ich komme, sobald ich kann", rief Ketteler ihnen nach.

„Wir erwarten Euch", schallte es zurück.

Dann waren sie verschwunden.

Geistesabwesend starrte der Freigraf auf die geschlossene Tür. Er wußte, daß er die drei Männer enttäuscht hatte. Müde sank er auf den Stuhl. Sorgen kamen nie einzeln, sondern immer in Scharen. Und stets zum verkehrten Zeitpunkt.

Lustlos verschlang er die Pfannkuchen mit Speck, sonst eines seiner Leibgerichte. Nur mit halbem Ohr hörte er Elisabeth zu, die sich über die gestiegenen Preise auf dem Markt beschwerte und irgendeinen Händel mit der Köchin ausgetragen hatte, der Grund war ihm bereits wieder entfallen. Und auch die Litanei über Annas Halsstarrigkeit rauschte an ihm vorbei.

„Du hörst mir ja überhaupt nicht zu, Bernd."

Ketteler schreckte auf: „Was?"

Elisabeth kämpfte mit den Tränen. „Liegt dir so wenig an

deiner Tochter?"

„Laß gut sein, Weib!" sagte er matt und nahm einen tiefen Schluck aus dem Weinbecher. „Ich weiß nicht, wo mir der Kopf steht. Bürgermeister Timmerscheidt macht mir die Hölle heiß, wenn ich das Rätsel um den ermordeten Spanier nicht löse. Außerdem habe ich eine verschwundene Hure am Hals, und in Senden rennen die Pestkranken durch die Straßen. Anna ist mir lieb und teuer, aber alles auf einmal ist zuviel für mich."

In Elisabeths betretenes Schweigen dröhnte ein lautes Klopfen an der Haustür.

Die Miene des Freigrafen hellte sich auf, als er den Besucher erkannte. „Doktor Rottendorff, welch hoher Besuch zu später Stunde!"

Der Arzt verbeugte sich vor der Hausherrin. „Es tut mir leid, daß ich erst jetzt kommen kann. Ich wurde im Spital aufgehalten. Wir haben wohl einige Fälle von Ungarischer Fiebersucht, und ich mußte Vorsorge treffen, daß sich die Krankheit nicht ausbreitet." Er stellte eine Karaffe mit einer gelblichen Flüssigkeit auf den Tisch. „Eure Medizin, Freigraf. Ich hatte noch einen Rest bei mir im Haus. Abends und morgens die Knie damit anfeuchten und vorsichtig einreiben, und schon bald werdet Ihr die heilsame Wirkung spüren."

Mit glänzenden Augen nahm Ketteler die Karaffe in die Hand. „Wo sind denn die Regenwürmer?"

Rottendorff grinste. „Der Spiritus wird geseiht, nachdem er ein paar Tage gezogen hat."

„Setzt Euch doch!" bat Elisabeth. „Wollt Ihr einen Becher Wein mit uns trinken?"

„Vielen Dank." Rottendorff blieb stehen. „Mit Eurer Erlaubnis möchte ich rasch einen Blick auf die junge Patientin werfen. Ich muß morgen in aller Frühe wieder zum Spital."

„Anna?“ Elisabeth warf ihrem Mann einen besorgten Blick zu. „Du hast mit Doktor Rottendorff über Anna gesprochen?“

„Heute morgen. Erwähnte ich das nicht?“

„Wann sollte das gewesen sein? Während des Abendessens hast du dich in Schweigen gehüllt.“

„Stimmt.“ Ketteler erhob sich. „Ich hielt es für das Beste, Doktor Rottendorffs medizinischen Rat einzuholen.“

„Und wo ich schon einmal hier bin“, ergänzte der Arzt.

„Wie unhöflich von mir“, sagte Elisabeth rasch. „Natürlich bin ich Euch dankbar, daß Ihr Eure kostbare Zeit unserer Anna opfert.“

Zu dritt gingen sie in die Upkammer. Anna legte das Buch beiseite, in dem sie gelesen hatte, und schaute den Arzt aufmerksam an.

„Du kennst doch Doktor Rottendorff“, sagte der Freigraf. „Wir haben ihn gebeten, dich zu untersuchen. Ein so berühmter Arzt wie er findet sicher heraus, was dir fehlt.“

„Oh, das wäre schön.“ Anna richtete sich auf. Auf ihrem bleichen und eingefallenen Gesicht lag ein wehmütiges Lächeln.

Ketteler und seine Frau zogen sich zurück.

„Er hat den Kurfürst kuriert und den Fürstbischof von Osnabrück, er wird auch unserer Tochter helfen“, meinte der Freigraf zuversichtlich.

„Ein so berühmter Mann ist nicht billig“, sagte Elisabeth leise. „Erst deine Medizin, dann eine Medizin für Anna, da kommen einige Taler zusammen.“

Ketteler schaute sie erstaunt an. „Wie kannst du in einem solchen Moment ans Geld denken?“

„Einer von uns beiden muß es ja tun.“ Sie setzte sich an den Kamin. „Du kümmerst dich nur um deine Arbeit und erwartest, daß jeden Mittag und Abend Fleisch auf dem Tisch steht. Aber alles ist teurer geworden, nicht nur das Fleisch, auch das Gemüse, die Eier, die Milch und der Käse, von deinem Wein ganz zu schweigen. Und der Herr kauft auch noch kostbaren Tabak. Das Gehalt, das dir der Stadtrat zahlt, reicht hinten und vorne nicht. Zum Glück habe ich ein paar Taler zurückgelegt. Doch auch die gehen bald zur Neige."

Der Freigraf machte große Augen. „Und was ist mit der Untermiete, die wir von den Gesandten der Reichsstädte bekommen? Wozu haben wir zwei Kammern abgetreten?"

„Ja, was ist damit?" versetzte Elisabeth. „Die Herren sind seit drei Monaten mit ihrer Miete im Rückstand. Sie warten auf Geld, das längst unterwegs sein soll, sagen sie."

Der bullige Mann sank auf einen Stuhl. „Das wußte ich ja gar nicht. Warum hast du mir nichts davon erzählt. Ich werde mir die beiden Wichte zur Brust nehmen und ..."

„Ich wollte dich nicht damit belasten." Elisabeth schaute in das prasselnde Feuer. In ihrer mehr als zwanzigjährigen Ehe hatte es sich so ergeben, daß sie sich allein um den Haushalt und das Geld kümmerte. „Wenn sie zahlen, wird alles gut. Wenn nicht ..."

Ketteler nahm seine Pfeife und den Tabaksbeutel vom Kaminsims. „... höre ich auf zu rauchen."

Nach einer Viertelstunde kam Doktor Rottendorff herunter. Sein Gesicht war ernst.

„Es ist leider so, wie ich vermutet habe", erklärte er dem Ehepaar. „Anna leidet unter Melancholie, eine Krankheit, die sich nicht so leicht austreiben läßt. Ich werde eine Medizin bereiten, die die schwarze Galle bekämpft und ihren Körper stärkt. Dann können wir nur hoffen und beten. Nicht zuletzt liegt es an ihr selbst. Wenn sie leben will, kommt sie über die Krise hinweg."

„Sie redet in letzter Zeit so viel vom Sterben", sagte Elisabeth bekümmert.

„Das ist eine Auswirkung der Krankheit", meinte der Arzt.

„Vielleicht sollten wir ihr die Bücher wegnehmen, die sie liest", warf der Freigraf ein. „Ihre trüben Gedanken finden in den trübseligen Gedichten neue Nahrung."

„Nein", widersprach Rottendorff, „Ihr solltet ihr nichts verbieten. Weckt ihren Lebensmut mit allem, was ihr Freude macht. Erwähntet Ihr nicht heute morgen einen Bräutigam? Liebe wirkt manchmal besser als jede Medizin."

# Neuntes Kapitel

In aller Frühe saß Ketteler beim *Warmbier*, das ihm die Köchin, wie jeden Morgen, auf dem Herd gekocht hatte. Ohne Genuß löffelte er die klebrigen, vom Biersud durchtränkten Schwarzbrotbrocken. Für den Nachmittag war eine Stadtratssitzung angesetzt, und bis dahin mußte er erste Erfolge vorweisen. Auch hatte Pater Martin angedroht, nur ein paar Stunden erübrigen zu können, den Rest des Tages brauche er für die Vorbereitung der Theateraufführung. Also galt es, sich zu sputen.

Nach dem hastigen Frühstück schnappte sich der Freigraf Mantel und Hut und machte sich auf den Weg zum Paulinum, wo er Martin abholen wollte. Doch schon auf der Ludgeristraße wurde er von zwei Botmeistern aufgehalten, die ihm aufgeregt von dem Fund einer Frauenleiche berichteten.

„Wer?" fragte Ketteler, obwohl er ziemlich sicher war, daß es sich um die Hure Catharina handelte.

„Die Frau ist unbekannt."

„Wie alt?"

„Ungefähr zwanzig Jahre und gekleidet wie eine Hure."

„Wo?"

„Im Diebeskäfig am Mauritztor. Den Torwächtern fiel heute morgen auf, daß der Käfig halb im Wasser hing. Als sie ihn herauszogen, lag die Leiche darin."

„Du", sagte Ketteler zu dem einen Botmeister, „läufst zum Paulinum! Frag nach Pater Martin! Er soll dich zum Mauritztor begleiten. Und du", wandte er sich dem anderen zu,

„holst mir den Rolf Wißman. Das ist der Wirt der Schänke *Zum wilden Mann* auf der Salzstraße!"

Für gewöhnlich hing der eiserne Käfig an einer Stange über dem Stadtgraben am Mauritztor. Er diente zur Bestrafung von Dieben, die man auf frischer Tat ertappt hatte. Zum Gespött der Zuschauer mußten die Gauner ihre Kleidung ausziehen, bevor sie in den Käfig gesperrt wurden. Dann drückte der Scharfrichter das Ende der Stange, das sich über der Brücke befand, kräftig nach unten, so daß sich der Käfig in die Lüfte erhob. Sobald er die Stange losließ, sauste der Käfig, auf der anderen Seite der Wippe, nach unten und tauchte ins Wasser. Je nach Schwere des Vergehens, wurde die Prozedur bis zu zehnmal wiederholt. Am Ende jagte man die Bestraften, die sich unter dem Gelächter der Umstehenden das Wasser aus der Lunge husteten, mit Schimpf und Schande aus der Stadt.

Jetzt stand der Käfig auf der Brücke zwischen dem äußeren und dem inneren Stadttor, und eine palavernde Menschenmenge bestaunte die Frauenleiche, die in einer Wasserpfütze auf dem Käfigboden lag.

„Holt sie da raus!" befahl Ketteler barsch den wartenden Polizeidienern.

Von der Schönheit, die die Frau zweifellos einmal besessen hatte, war nicht viel übrig geblieben. Ihr Kopf war bläulich aufgedunsen, und am geschwollenen Hals erkannte der Freigraf dunkle Flecken. Ein rotes, zerfetztes Kleid klebte an ihrem Körper.

„Ist sie es?" fragte eine Stimme neben ihm.

Ketteler drehte sich zu Martin um. Im Gesicht des Paters stand Mitleid, aber auch Abscheu geschrieben. Der Freigraf verstand die Gefühle seines Freundes. Selbst ihm, der in seinem Leben viele Tote gesehen hatte, gruselte beim Anblick von Wasserleichen.

„Ich zweifle nicht daran, aber um Gewißheit zu erlangen, lasse ich den Schankwirt vom *Wilden Mann* holen."

Die Polizeidiener legten den nassen Leib auf die Pflastersteine.

Martin bekreuzigte sich. „Sie war noch so jung. Ich wollte, wir hätten sie vor dem Mörder gefunden."

„Ich glaube nicht, daß sie gestern noch unter den Lebenden weilte", knurrte Ketteler.

Martin nickte. „Natürlich. So ist es gewesen. Die Leiche lag im Haus des Mörders oder an einem anderen Ort, der ihn verraten hätte."

„Und in der letzten Nacht hat er sie hierher geschleppt", spann der Freigraf den Gedanken fort. „Das Schwein hat sich wirklich viel Mühe gegeben. Wenn wir ihn erwischen, wird es mir eine Freude sein, bei seiner Hinrichtung zuzusehen."

Die Menge der Schaulustigen teilte sich, und zwei Botmeister schoben den Schankwirt Wißman durch die entstandene Gasse. Wißman sah bleich und verängstigt aus.

„Was wollt Ihr von mir?" rief er schon von weitem. „Ich habe alles gesagt."

„Ist das Catharina?" fragte Ketteler.

Wißman guckte nur kurz hin. „Ja. Kann ich jetzt wieder gehen?" Auf seiner Stirn standen Schweißperlen.

„Einen Moment noch." Der Freigraf hielt ihn am Arm fest. „Wovor hast du Angst?"

„Ich?" lachte der Wirt meckernd. „Wie kommt Ihr darauf?"

„Halt mich nicht für blöd!" fauchte Ketteler. „Du scheißt dir vor Angst in die Hosen."

Wißman wischte sich verstohlen die Stirn. „Ich ... ich war nur überrascht, als die Botmeister kamen."

„Sagt einmal, Wirt", mischte sich Martin ein, „wie war das,

wenn Catharina in deiner Schänke mit einem Mann handelseinig wurde? Hat sie dann ein Zimmer bei dir genommen?"

Wißman schaute auf den Stadtgraben. „Ja, das kam vor."

„Und vorgestern abend, als sie den Spanier traf?"

Der Wirt schwieg.

„Willst du einen Tag am Pranger stehen?" fuhr der Freigraf ihn an.

„Da sind die beiden auch nach oben gegangen."

„Warum hast du das nicht gleich gesagt?"

Wißman stöhnte. „Ich hatte Angst um meine Lizenz. Es ist doch verboten ..."

„Haben die beiden zusammen die Schänke verlassen?" fragte Martin weiter.

„Nein. Der Spanier ist zuerst gegangen. Catharina ist noch eine Weile geblieben."

„Und?"

„Nichts weiter. Eine halbe Stunde später war sie auch verschwunden."

„Mach, daß du wegkommst!" schnauzte Ketteler. „Im Moment habe ich keine Zeit, mich um dich zu kümmern. Aber du hörst von mir."

Wißman rannte davon.

„Und ihr", wandte sich der Freigraf an die Polizeidiener, „ihr packt die Leiche auf einen Karren und schafft sie zum Spital! Bestellt Doktor Rottendorff meine Grüße und bittet ihn, die Verblichene zu obduzieren. Vor allem möchte ich wissen, wie lange sie schon tot ist."

„Und wenn nun doch keine Verbindung zwischen den Morden besteht?" dachte Martin laut. „Es könnte purer Zufall gewesen sein, daß beide in derselben Nacht ums Leben kamen."

„Dann sind wir im Mordfall Navarrete keinen Schritt weitergekommen", sagte Ketteler betrübt. „Ich wage nicht daran zu denken, was mir nachher im Stadtrat ins Ohr geblasen wird."

Die beiden Männer gingen die Hörster Straße hinauf zum Fischmarkt. Ein Botmeister war ihnen vorausgeeilt, um in der niederländischen Residenz ihren Besuch anzuzeigen.

Die aufständischen Generalstaaten, völkerrechtlich noch immer ein Teil Spaniens, hatten gleich acht Bevollmächtigte nach Münster entsandt, sechs Provinzen je einen, Holland zwei. Obwohl untereinander in vielen Fragen uneins, auf ihre Eigenständigkeit bedacht, hatten sie gemeinsam Quartier im Haus der Kramergilde bezogen, dem stattlichsten aller Gildenhäuser, das im Schatten der Lambertikirche stand.

Ketteler hatte ein wenig Bammel vor der Begegnung mit den Niederländern, die als hochnäsig und arrogant galten. Der Bürgermeister von Basel, ein gichtgeplagter Mann namens Johann Rudolf Wettstein, der bei den Henses wohnte, hatte sich beim Freigrafen einmal bitter über die Holländer beklagt. Ihre Vermessenheit sei so groß, sagte Wettstein, daß sie den Kurfürsten, der Republik Venedig und den anderen Mächten den Vortritt streitig machen wollten. Seine erste und letzte Audienz bei den niederländischen Gesandten sei eine einzige Demütigung gewesen. Ein schrecklich großer Knollfink und ein kurzer verblasener Knorzhans hätten ihn empfangen, dabei allerdings alle diplomatischen Gepflogenheiten vermissen lassen. So wären sie ihm keinen Schritt entgegen gekommen, sondern hätten wie angenagelt bei den Sesseln gestanden und sich eines mit Deutsch und priscianischem Latein gespickten Französisch bedient. Als er, Wettstein, daraufhin baldigst seinen Abschied genommen habe, sei es ihm nicht erspart geblieben, selbst die Tür des Gemachs zu öffnen.

Wettsteins Wutausbruch ging dem Freigrafen durch den Kopf, als ein Page sie in den köstlich tapezierten Empfangssaal des Krameramtshauses führte. Der Gesandte, der sie dort erwartete, verhielt sich jedoch durchaus höflich. Es war ein großer, hellblonder Mann mit knallroten Flecken auf den Wangen. Er stellte sich als Johan de Knuyt, Vertreter der Provinz Seeland, vor, sprach ein fast akzentfreies Deutsch und hörte aufmerksam dem Anliegen zu, das Ketteler vorbrachte.

„Wenn ich Euch recht verstehe, lieber Freigraf", sagte de Knuyt, nachdem der Deutsche geendet hatte, „sucht Ihr den Mörder des Señor Navarrete in unserer Gesandtschaft."

„Ich wäre froh, wenn ich diese Möglichkeit ausschließen könnte", antwortete Ketteler ausweichend.

„Das könnt Ihr, das könnt Ihr ganz sicher. Bedenkt, wir haben den Spaniern auf dem Schlachtfeld Paroli geboten, einen geschlagenen Gegner heimtückisch zu ermorden, liegt weit unter unserer Würde. Zudem befinden sich die Verhandlungen zwischen den Generalstaaten und dem Königreich Spanien auf dem besten Wege. Wir hoffen, noch in diesem Jahr den Friedensvertrag zu unterzeichnen und damit die vollständige Unabhängigkeit zu erlangen. Es wäre doch töricht und in höchstem Maße verwerflich, wenn wir dies alles durch eine Bluttat gefährden würden."

„Das Temperament des Blutes gehorcht nicht immer dem kühlen Verstand", warf Ketteler ein.

„Ihr spielt sicher auf den Vorfall vor einigen Monaten an, als einer unserer Sekretäre mit einem Spanier in Streit geriet ..."

„Dieser Vorfall betraf ausgerechnet Señor Navarrete."

„Oh!" Das Lächeln im Gesicht de Knuyts erfror zu einer Grimasse. „Wie ausgesprochen peinlich. Doch ich kann Euch versichern, wir haben unseren Mann sofort nach Amsterdam zurückgeschickt. Und für die übrigen bin ich bereit, eine Garantie abzugeben: Kein Niederländer hat sich etwas zuschulden kommen lassen."

Nach dieser Erklärung machte es für den Freigrafen wenig Sinn, weiter in den Seeländer zu dringen. Schon bald drängte er zum Aufbruch und entschuldigte sich mit wichtigen Terminen. De Knuyt begleitete sie bis in den Vorraum.

Genau in diesem Moment kam eine Gruppe von Männern die Treppe herunter. Ketteler erkannte den holländischen Gesandten Adrian Pauw. Und der Mann neben ihm, der heftig auf den Holländer einredete, war kein anderer als Evert Klünne, einer der beiden münsterschen Aldermänner.

Klünne unterbrach abrupt seine Rede, als er Ketteler erblickte. „Freigraf, was macht Ihr denn hier?"

„Ich bin im Dienst, Herr Aldermann." Es entging Ketteler nicht, daß Klünne die Begegnung sichtlich unangenehm war.

„Ah ja, der Mord. Ihr habt doch nicht die Absicht, unsere niederländischen Freunde damit in Verbindung zu bringen?"

„Keineswegs werde ich irgendwelche Vermutungen anstellen, die ich nicht beweisen kann", formulierte der Freigraf vage. Er wollte den Aldermann, der als Freund der Niederländer galt, nicht gegen sich aufbringen. Als Sprecher der münsterschen Gilden verfügte Klünne über erhebliche Macht. Denn die Gilden, und vor allem Klünne, verstanden sich als eine Art Nebenregierung, deren Aufgabe sie darin sahen, den Stadtrat und die höchsten städtischen Beamten zu kontrollieren.

Schließlich überwand Adrian Pauw das bedrohliche Schweigen, das plötzlich entstanden war. „Ihr dürft dem Freigrafen nicht verübeln, daß er seiner Pflicht nachgeht", sagte er beschwichtigend zu Klünne. „Davon werden die guten Beziehungen zwischen den Generalstaaten und der Stadt Münster nicht beeinträchtigt."

„Habt Ihr bemerkt, wie überrascht Klünne war, als er uns erspähte?“ fragte Martin.

„Ja.“ Der Freigraf brütete dumpf vor sich hin.

„Was er wohl mit den Niederländern beredet hat?“

„Das wüßte ich auch gerne.“ Ketteler holte tief Luft. „Da ist irgendetwas im Gange. Es wäre nicht das erste Mal, daß der Aldermann Politik auf eigene Rechnung betreibt. Ich hoffe nur, daß es nichts mit unseren Morden zu tun hat.“ Er blieb vor dem Rathaus stehen. „Es ist schon spät, Pater. Ich muß zum Stadtrat und Bericht erstatten.“

„Und ich zu meinen Schülern. Bis zur Aufführung sind noch etliche Vorbereitungen zu treffen.“

„Ich wünsche Euch viel Erfolg, Pater. Wir sehen uns dann heute abend.“

Martin drehte sich noch einmal um: „Bringt Ihr Anna mit?“

„Sie hat sich noch nicht entschieden“, rief Ketteler ihm nach.

# Zehntes Kapitel

Die schwarz gekleideten Ratsherren kamen Ketteler wie üble Krähen vor, die sich vor ihm aufplusterten, an ihm herumzerrten, auf ihn einhackten. In welche Richtung er auch blickte, aus allen Gesichtern schlug ihm Hochmut, Blasiertheit und Wut entgegen. Nur Bürgermeister Timmerscheidt behielt seine überlegene Ruhe, wenngleich man auch ihm anmerkte, daß er gereizt war.

Neben den beiden Bürgermeistern, die auf ihrer Bank an der Stirnseite Platz genommen hatten, waren sieben Ratsherren zu der Sitzung in die Ratskammer gekommen. Die meisten saßen auf der linken Seite, gegenüber den hohen Fenstern, die das Licht der fahlen Wintersonne hereinließen. Ketteler stand einsam mitten im Raum und mußte die Vorwürfe über sich ergehen lassen.

„Nun, Freigraf", ergriff Timmerscheidt das Wort, „was sagt Ihr zu all dem?"

Ketteler, der bislang in stummer Verzweiflung geschwiegen hatte, zwang sich, kühl und beherrscht zu antworten: „Ich verstehe durchaus, daß einigen Ratsherren der Gang der Ermittlungen zu langsam erscheint. Auch mir wäre es lieber, ich könnte dem hohen Rat einen Mörder präsentieren. Doch trotz ruhelosem Bemühen und dem Einsatz vieler Polizeidiener ist es mir bis jetzt nicht gelungen, Licht in das Dunkel der Bluttat zu bringen. Wir müssen davon ausgehen, daß es sich beim Täter um einen überlegt vorgehenden Menschen handelt, der es geschickt versteht, seine Spuren zu verwischen, ja, der nicht einmal davor zurückgeschreckt ist, die womöglich einzige Zeugin zu beseitigen."

„Worauf spielt Ihr an?" rief Richtherr Everding.

„Wie Ihr wahrscheinlich gehört habt, ist heute morgen die Leiche einer Frau im Käfig am Mauritztor gefunden worden. Die Unglückselige hieß Catharina Kamps und hat sich an Männer verkauft. Wir wissen mit Sicherheit, daß sie sich vorgestern abend, kurz bevor Señor Navarrete getötet wurde, mit diesem in der Schänke *Zum wilden Mann* auf der Salzstraße getroffen hat."

Ein Raunen ging durch die Ratsversammlung.

Dann meldete sich Richtherr Tompütte zu Wort. Er reckte seinen zu kurz geratenen Hals, bevor er mit einer Fistelstimme zu sprechen begann: „Freigraf Ketteler versteht es, mit schönen Worten von seiner Untätigkeit abzulenken. Nicht ein, nein, zwei Morde haben unsere Stadt Münster erschüttert. Und was macht Ketteler, damit wir nicht merken, daß er mit einer Stange im Nebel stochert? Er stellt flugs eine Verbindung zwischen beiden Morden her. Wer sagt uns denn, werte Herren, daß die Hure Catharina die Mörder Navarretes kannte? Kettelers Phantasien sind nicht mehr wert als ein Furz, den eine Kuh auf der Weide läßt. Ich denke, der Freigraf ist in seinem Amt überfordert. Er hat seine Chance gehabt, und er hat sie nicht genutzt. Ich schlage daher vor, den Stadtkommandanten de Reumont mit der Aufklärung der Morde zu beauftragen. Wir müssen dringend Resultate vorweisen, denn es geht hier um die Ehre Münsters. Wie steht der Stadtrat da, wenn es uns nicht gelingt, das Leben der Gesandten zu beschützen, die nach Münster gekommen sind, um einen glanzvollen Frieden auszuhandeln?"

Aufgeregte Stimmen schnatterten durcheinander, bis sich Ketteler Gehör verschaffte: „Hochverehrte Bürgermeister, werte Ratsherren! Selbstverständlich steht es Euch frei, mich abzusetzen und den von mir hochgeschätzten Stadtkommandanten de Reumont einzusetzen, wie es Richtherr Tompütte vorschlägt. Ich gebe allerdings zu bedenken, daß Oberst Johann de Reumont Soldat ist und kein Polizist. Er weiß, wie man eine Stadt erobert oder verteidigt, aber hier haben wir es nicht mit einem offenen Kampf auf dem Blachfeld zu tun, sondern mit einem heimtückischen Rätsel, das uns der Mörder gestellt hat. Habt Geduld mit mir und gebt mir noch ein paar Tage Zeit!"

„Versprecht Ihr, daß Ihr uns dann den Mörder liefern könnt?" fragte Richtherr Tompütte.

„Ich bin nicht so vermessen, mir hellseherische Fähigkeiten zuzusprechen", erwiderte Ketteler spitz. „Zusammen mit dem Jesuitenpater Martin, der mir auch diesmal zur Seite steht, habe ich schon manch verzwickten Fall gelöst. Ich denke, auch für den Mord an Señor Navarrete läßt sich eine profane Erklärung finden, versprechen kann ich jedoch nichts."

Fast alle Stadträte beteiligten sich an der folgenden Beratung, und schon bald stellte sich heraus, daß Tompütte für seinen Vorschlag keine Mehrheit finden würde. Bürgermeister Timmerscheidt faßte nach einer halben Stunde das Ergebnis der Aussprache zusammen: „Nun also, Freigraf, Ihr habt weiterhin freie Hand bei Euren Ermittlungen. Zeigt Euch unseres Vertrauens würdig, bevor wir es uns anders überlegen!"

Ketteler fand Doktor Rottendorff im eisigen Keller des Spitals. Der Arzt war über die Leiche Catharinas gebeugt, die vor ihm auf dem Tisch lag. Der Freigraf, der gerade noch Übellaunigkeit in sich aufsteigen fühlte, weil er nichts zu Mittag gegessen hatte, beglückwünschte sich jetzt wegen dieses Umstands. Denn den Anblick, den Catharinas Überreste boten, konnte man nicht anders als gräuslich bezeichnen. Rottendorff hatte die Leiche aufgeschnitten, so daß Innereien und Organe freilagen.

Ketteler mußte all seine Kraft zusammennehmen, um den Blick nicht abzuwenden.

„Ihr seid es, Freigraf!“ Rottendorffs Augen blitzten. „Wie geht es Euren Knien?“

„Besser“, antwortete Ketteler mit heiserer Stimme.

„Das ist interessant.“ Der Arzt wendete sich wieder der Leiche zu. „Seht Ihr das?“

„Was?“ preßte sein Besucher hervor.

„Die Lunge ist vollkommen trocken. Wißt Ihr, was das bedeutet? Die Ärmste ist nicht ertrunken. Wenn jemand absäuft, füllt sich seine Lunge bis zum Rand mit Wasser. Mit anderen Worten: Die Frau war schon tot, als sie in den Käfig gelegt wurde. Und jetzt schaut Euch die Druckstellen hier am Hals an! Beinahe kann man die einzelnen Finger des Mörders erkennen.“

„Sie ist also erwürgt worden?“ Allmählich gewann Ketteler seine Fassung zurück.

„Ganz zweifellos.“

„Und wann? Könnt Ihr etwas zum Todeszeitpunkt sagen?“

Rottendorff bewegte unschlüssig den Kopf. „Das ist schwierig, vor allem, wenn eine Leiche im Wasser gelegen hat. Aufgrund meiner Erfahrung möchte ich annehmen, daß sie gestern abend getötet wurde.“

„Gestern? Nicht vorgestern?“ fragte der Freigraf überrascht.

„Nein. Bei aller Unsicherheit, die natürlich besteht, behaupte ich, daß sie gestern noch lebte.“

„Das heißt, jemand hat Catharina einen Tag lang gefangen gehalten“, sagte Ketteler leise. „Aber wer? Und wo?“

„Die Fragen fallen in Eure Kompetenz.“ Der Arzt ging zu einer Schüssel und wusch sich die Hände. „Seid Ihr bei Eurem Fall, dem Mord an dem Spanier, vorangekommen?“

„Leider nein."

„Hoffentlich leidet der Friedenskongreß nicht darunter. Ich wünsche mir nichts sehnlicher, als daß der jämmerliche und blutstürzende Krieg unter den christlichen Potentaten endlich einem beständigen guten Frieden weicht."

„Das wünschen wir alle."

„Übrigens", Rottendorff trocknete seine Hände, „habe ich die Medizin für Anna bereitet. Ihr könnt sie gleich mitnehmen."

„Wieder etwas mit Regenwürmern?" fragte Ketteler.

„Nur ein paar", lächelte Rottendorff. „Es ist ein Lautertrank aus geschabtem Hirschgeweih, zerstoßenen Graswurzeln und zerriebenen Regenwürmern, mit Gewürzen und Honig in Rheinwein aufgelöst. Anna soll drei- oder viermal am Tag etliche Löffel davon nehmen, damit sie wieder zu Kräften kommt."

„Igitt!" Anna verzog das Gesicht. „Das schmeckt ja eklig. Was ist da drin?"

„Nur ein paar Kräuter und Honig, vermischt mit gutem Rheinwein. Du wirst sehen, wenn du jeden Tag brav deine Medizin nimmst, springst du bald wieder herum wie ein junges Reh."

„Ich will weder ein Reh sein noch herumspringen." Tapfer schluckte sie noch einen Löffel.

„Hast du dir überlegt, ob du uns heute abend zum Jesuitendrama ins Gymnasium Paulinum begleitest?" fragte Ketteler.

„Ach, Vater! Ich fühle mich elend. Und mit meiner Erscheinung würde ich Euch nur blamieren."

„Was willst du? Du siehst blendend aus", log er.

„Nein. Ich sehe aus wie eine Vogelscheuche oder, schlimmer noch, wie ein Gerippe."

Der Freigraf schwieg bestürzt.

Anna drehte sich um und griff nach dem Buch, das neben ihrem Kopfkissen lag. „Soll ich Euch ein Gedicht vorlesen?"

„Wenn es dir Freude macht." Er lehnte sich zurück und schloß die Augen.

„Es stammt von Johann Rist und heißt *Ernstliche Betrachtung der unendlichen Ewigkeit*:

O Ewigkeit du Donner Wort
O Schwert das durch die Seele bohrt
O Anfang sonder Ende
O Ewigkeit Zeit ohne Zeit
Ich weiß vor großer Traurigkeit
nicht wo ich hin mich wende
Mein ganz erschrocknes Herz erbebt
daß mir die Zung am Gaumen klebt.

Kein Unglück ist in aller Welt
Daß endlich mit der Zeit nicht fällt
Und ganz wird aufgehoben;
Die Ewigkeit hat nur kein Ziel
Sie treibet fort und fort ihr Spiel
Läßt nimmer ab zu toben
Ja wie mein Heiland selber spricht
Aus ihr ist kein Erlösung nicht.

Ist das nicht wunderbar?"

„Ja", stöhnte Ketteler, „ganz wunderbar."

# Elftes Kapitel

Von seinem Platz hinter der Bühne aus konnte Pater Martin den Zuschauerraum überblicken. Ratsherren, Patrizier, Adelige und ihre Familien, zum Teil natürlich Eltern und Geschwister der Schüler, die fieberhaft auf ihren Auftritt warteten, hatten sich in der Aula des Paulinums eingefunden. Es waren auch etliche Gesandte der katholischen Liga und ihrer Verbündeten gekommen. Martin spürte Stolz und Genugtuung über soviel Beachtung, wenn auch sein Herz raste und er vor Aufregung feuchte Hände bekam. Würde die Aufführung seinen eigenen und den kritischen Ansprüchen der Zuschauer gerecht werden? Konnten die Schüler den lateinischen Text fehlerfrei aufsagen und damit eindrucksvoll beweisen, was sie auf der von Jesuiten geleiteten Schule gelernt hatten? Würde, und das war Martin das Wichtigste, etwas von der Gnade der katholischen Frömmigkeit auf die Zuhörer überspringen?

Martin blickte sich zu den Schülern um, die ihre Hände und Füße nicht mehr ruhig halten konnten. Zusammen mit den anderen Lehrern hatte er alles Erdenkliche getan, um die Aufführung zu einem glanzvollen Ereignis werden zu lassen. Über dreißig Rollen hatten sie besetzt und einstudiert, Kostüme waren geschneidert und das Bühnenbild liebevoll gemalt worden. Eigentlich durfte nichts mehr schiefgehen. Eigentlich ...

Martin sah die rundliche Gestalt des Freigrafen Ketteler, der sich, gefolgt von seiner schlanken Gattin, die ihn um einige Zoll überragte, einen Weg durch die Zuschauerreihen bahnte. In seinem Herzen spürte Martin einen kleinen Stich. Er hatte so gehofft, daß sich Anna aufraffen, daß ihre verwirrte Seele ein wenig Ablenkung oder vielleicht sogar Halt in dem Drama finden würde.

Im Zuschauerraum wurde es ruhig.

Auf Zehenspitzen schlich Martin zu den Schülern. „Es wird Zeit", flüsterte er. „Macht mir und der Schule alle Ehre!"

Bis zum dritten Akt ging alles gut. Die Schüler spielten konzentriert und ohne Aussetzer, der Chor, der am Ende jeden Aktes das Geschehen zusammenfaßte und die moralischen Lehren zog, blieb im Takt. Pater Martin entspannte sich etwas. Christoph, der den Alexander gab, hatte sich Martins Ratschläge zu Herzen genommen. Sein Alexander war zugleich würdevoll und irdisch. Man nahm ihm ab, daß er von den Anfechtungen der Eitelkeit heimgesucht wurde, daß er durch seine Schönheit die Keuschheit gefährdete. Jetzt, im dritten Akt – Alexander war inzwischen in den Dienst des Köhlers getreten – hatte er in der Waldeinöde die letzte Probe zu überstehen. Im vierten Akt würde der wundertätige Gregorio auftreten, von dem die Comäner die Ernennung eines neuen Bischofs erwarteten. Gegen allerlei Widerspruch und die Possen eines Ruhmsüchtigen würde sich Gregorio für Alexander einsetzen, getreu dem Motto, daß der Ehrenkranz von vielen begehrt wird, aber nur der frommen Gelehrtheit zusteht.

Der Chor nahm Aufstellung, um zu verkünden, daß die Welt nach eitler Ehre strebe. Doch da kam plötzlich Unruhe im Saal auf. Der Chor verlor seinen Rhythmus, die Stimmen der Schüler klangen dissonant.

Martin, der nur das Geschehen auf der Bühne verfolgt hatte, lugte in den Zuschauerraum. Und dann sah er den Botmeister, der an der Seitenwand stand und mit den Händen

Zeichen machte. Der arme Tropf hätte genauso gut schreien können, denn ohnehin hatte er die Aufmerksamkeit aller für sich eingenommen.

Martin stöhnte gequält auf. Er wußte selbstverständlich, wem die Zeichen galten. Den bulligen Mann, der, begleitet von Zischen und empörten Rufen, dem Ausgang entgegenstrebte, hatte er selbst eingeladen.

„Du hast mich vor allen Leuten blamiert", fauchte Ketteler. „Ich hoffe für dich, daß dein Anliegen keinen Aufschub zuläßt. Sonst kannst du dich ab morgen als Schweinehirt verdingen."

„Ich bin unschuldig", verteidigte sich der Botmeister, „der Sergeant hat mir befohlen, Euch zu holen."

„Nun rede schon!" Der Freigraf beruhigte sich etwas. „Um was geht es?"

„Vor einer Stunde ist ein Mann auf die Wache gekommen. Er hat gesagt, in der Schänke Wilking auf der Ludgeristraße sitze ein Kerl, der damit prahle, die Hure Catharina umgebracht zu haben."

„Aha." Kettelers Wut war auf einen Schlag verraucht.

„Wir sind sofort hin und haben den Kerl verhaftet."

„Und? Hat er gestanden?" schnappte der Freigraf.

„Nein. Er sagt, es sei ein Scherz gewesen. Aber der Sergeant glaubt ihm nicht. Und er hält die Sache für so sehr wichtig ..."

„Schon gut, schon gut. Ich werde mir den Burschen ansehen."

Das Gefängnis befand sich in der Schreiberei hinter der Ratskammer. Ein penetranter Gestank aus Schweiß und Alkoholdunst schlug Ketteler entgegen, als er an die Gitterstäbe trat. Vermutlich war der Mann, der dort auf der steinernen Bank hockte, bis vor kurzem sturzbetrunken gewesen. Doch jetzt verrieten die weit aufgerissenen, erschrockenen Augen, daß ihn die Angst ernüchtert hatte.

„Wer bist du?“ fragte der Freigraf.

„Mein Name ist Johann Kottman. Ich bin Tagelöhner. Laßt mich frei! Ich habe nichts verbrochen.“ Eine klägliche, winselnde Stimme.

„Holt ihn da raus!“ befahl Ketteler den Polizeidienern.

Kottman sprang auf. „Ihr laßt mich gehen?“

„Nein. Ich möchte deine Visage nur von nahem sehen.“

Nachdem die Polizisten den Tagelöhner auf einen Schemel gedrückt hatten, zog der Freigraf einen zweiten Stuhl heran. Dann rückte er dem Verhafteten so dicht auf die Pelle, daß dieser unwillkürlich zurückzuckte.

„Nun, Kottman!“ sagte Ketteler nicht unfreundlich. „Wieso hast du herumgetönt, du hättest Catharina umgebracht?“

„Ich habe sie nicht erwürgt, glaubt mir. Es war dumm von mir. Ich wollte den anderen zeigen, daß ich kein Schlappschwanz bin. Immer hänseln sie mich. Und da ist es mir einfach so über die Lippen gekommen. Zeigt Erbarmen, hoher Herr, und bestraft mich nicht für mein Gerede! Ich war betrunken und mein Geist benebelt.“

„Ach so.“ Der Freigraf lehnte sich zurück. Er sah aus wie ein gutmütiger älterer Herr in vornehmer Kleidung. „Hast du Catharina denn gekannt?“

Kottman leckte sich über die Lippen. Der Richter, oder mit wem auch immer er es zu tun hatte, schien kein scharfer Hund zu sein. „Nur vom Sehen, hoher Herr, nur vom Sehen. Ein Mann wie ich kann sich keine Hure leisten.“ Er lachte heiser. „Ich bin froh, wenn ich mir ein Brot und einen Becher Bier kaufen kann.“

„Wo hast du zuletzt gearbeitet?“

„Mal hier, mal da. Im Sommer arbeite ich auf den Feldern

vor der Stadt, im Winter ist es schwieriger, da gibt es manchmal tagelang nichts zu tun."

„Du hast also in letzter Zeit wenig verdient?"

Kottman nickte.

„Und woher stammen die zwanzig Taler?" fragte Ketteler bissig. Die Freundlichkeit war urplötzlich von ihm abgefallen.

„Was?"

„Die Polizeidiener haben zwanzig Taler in deinen Taschen gefunden. Ziemlich viel Geld für einen Mann ohne Arbeit."

„Ja, äh ..." Der Tagelöhner rang verzweifelt die Hände. „Die Taler standen mir noch zu – vom letzten Sommer."

„Wer hat sie dir gegeben?"

„Niemand aus Münster. Ich war ... äh ... in Ibbenbüren, und der Bauer konnte mich nicht bezahlen. Jetzt bin ich noch einmal hin, und ..."

„Ich will dir sagen, von wem du das Geld bekommen hast", fuhr der Freigraf ihn an. „Jemand hat dich dafür bezahlt, daß du Catharina umbringst."

„Nein, Herr, das stimmt nicht."

„Und wieso weißt du, daß Catharina erwürgt wurde?"

Kottman glotzte seinen Peiniger verständnislos an.

„Du hast gesagt: 'Ich habe sie nicht erwürgt.' Nur Doktor Rottendorff und mir ist bekannt, daß Catharina erwürgt wurde. Und dem Mörder, natürlich. Alle anderen denken, daß sie im Mauritztorkäfig ertränkt wurde."

Der Tagelöhner sackte in sich zusammen.

„Leg ein Geständnis ab!" redete der Freigraf sanft auf ihn ein. „Wenn du mir alles erzählst, was du weißt, kommst du mit einem milden Urteil davon. Du wirst einen schmerzlosen Tod sterben. Bleibst du verstockt", er machte eine Pause, „dann lasse ich dich vom Scharfrichter der Tortur unterziehen."

„Ich sage nichts“, flüsterte Kottman.

Ketteler stand auf. „Bringt ihn in den Niesingturm! Und gebt dem Scharfrichter Bescheid, daß wir morgen früh um fünf mit dem Peinlichen Verhör beginnen.“

Pater Martin wälzte sich schlaflos auf seiner Pritsche. Die Verse seines Ordensbruders Friedrich Spee kamen ihm in den Sinn:

Wenn abends uns die braune Nacht
In Schatten schwarz verkleidet,
Und ich dann meine Sünd betracht,
Groß Not mein Herz erleidet.
Von lauter Leid,
Von Traurigkeit,
Mein Augen mir fast rinnen:
Zu den Sternen auf
So sein im Lauf
Ich schau mit trüben Sinnen.

Die zweite Strophe fiel ihm nicht mehr ein. Es ging um Perlen, Licht und Fackeln, Feuer ohne Makel und einen Mond, der stehenbleiben sollte. Er mußte das Gedicht bei Gelegenheit einmal nachschlagen. Es war so ergreifend schön. Wahrscheinlich würde es auch Anna gefallen.

Martin setzte sich auf. Warum hatte er sich nur von Ketteler überreden lassen, bei dem Peinlichen Verhör dabei zu sein? Was gab es Schlimmeres, als zuzusehen, wie ein Mensch gefoltert wurde? Hoffentlich gesteht er, bevor der Scharfrichter beginnt, dachte Martin, oder zumindest, wenn er die Instrumente vorgeführt bekommt.

Nach dem kleinen Zwischenfall war die Aufführung von *Sankt Alexander Carbonarius* noch zu einem glücklichen Ende gekommen. Alle hatten ihn beglückwünscht, der Rektor hatte sich überaus wohlwollend geäußert. Doch Martin war nur halb bei der Sache gewesen, seine Gedanken kreisten um die Frage, was wohl der Grund für Kettelers Verschwinden gewesen sein mochte.

Und dann stand der Freigraf auf einmal vor ihm. Ernst und in knappen Worten berichtete er von der Verhaftung Kottmans und dem angesetzten Peinlichen Verhör. Schließlich bat er Martin, der Tortur beizuwohnen, der Delinquent benötige sicher priesterlichen Beistand und Trost.

Martin ließ sich auf die Pritsche zurückfallen. Damit hatte ihn Ketteler geködert. Und mit seiner Vermutung, daß Kottman Catharina nicht aus eigenem Antrieb getötet habe, sondern im Auftrag eines Anderen. Wer aber war der große Unbekannte?

Der Jesuit stand auf und zündete in seiner kleinen Kammer eine Kerze an. An Schlaf war in dieser Nacht nicht zu denken. Er suchte den Gedichtband von Friedrich Spee und las die zweite Strophe aus dem *Bußgesang eines recht zerknirschten Herzens:*

Halt, halt, ihr scheinend Perlen klar,
Ihr tausend Licht, und Fackel:
Halt, halt, ihr wohlgezündte Schar,
Ihr Feuer, und Flamm ohn Makel:
O schöne Stern,
Nicht laufet fern,
Hört an was euch will klagen:
Du schöner Mon,
Auch bleibe stohn,
Hör an mein Leid, und Zagen.

# Zwölftes Kapitel

Es war noch dunkel, als der Gefangene in den Niesingturm geführt wurde. Das Bollwerk in der Stadtmauer, nahe der Klosterstraße, war einer von zwei Orten, an denen man in Münster die Tortur durchführte. Üblicherweise begannen die Peinlichen Verhöre sehr früh morgens, um Aufläufe von Schaulustigen zu vermeiden.

Die Nacht in der Zelle hatte Johann Kottman gänzlich ernüchtert. Er wußte, was ihm bevorstand, aber er ließ sich keine Angst anmerken. Voller Abscheu betrachtete er die anwesenden Personen, und erst als er die Folterinstrumente erblickte, zuckte er kurz zusammen.

„Ihr wißt, daß Ihr für die Tortur eigentlich einen Ratsbeschluß braucht", sagte Richtherr Tompütte.

Der Freigraf hatte auch die beiden Richtherren verständigen lassen, die bei Peinlichen Verhören die Oberaufsicht führten. Zu seinem Bedauern war nicht der Richtherr Everding, sondern der verhaßte Tompütte erschienen.

Ketteler erwiderte: „Ja, aber in diesem Fall ist Dringlichkeit geboten. Wenn der Stadtrat darüber debattiert, weiß es die ganze Stadt. Und ich möchte vermeiden, daß Kottmans Auftraggeber die Gelegenheit zur Flucht ergreift."

„Wie kommt Ihr eigentlich darauf, daß Kottman einen Auftraggeber hatte?"

„Ich sehe keinen anderen Grund für den Mord an Catharina Kamps."

„Nun, einmal angenommen, Kottman hat auch den Spanier Navarrete getötet ..."

„Mit einer Armbrust?“ unterbrach ihn Ketteler. „Könnt Ihr Euch vorstellen, daß dieser Hungerleider eine Armbrust besitzt?“

„Was weiß ich?“ gab Tompütte gereizt zurück. „Wenn ich mich recht entsinne, ist das Eure eigene Theorie gewesen, die Ihr dem Stadtrat dargelegt habt: Der Mörder Navarretes hat auch diese Catharina beseitigt, weil sie Zeugin der Bluttat war und ihn hätte entlarven können.“

„Und Ihr wart ein entschiedener Gegner meiner These“, erinnerte ihn Ketteler.

„Na und?“ Tompütte grinste hämisch. „Ich habe mich halt eines Besseren belehren lassen.“

„Und wie ist Kottman an die zwanzig Taler gekommen, die wir in seinen Taschen gefunden haben?“

„Er hat sie dem Spanier oder der Hure gestohlen.“

Ketteler schüttelte den Kopf. „Navarrete ist vor den Augen des Torwächters von Michaelis gestorben. Und eine Hure, die ihre sämtlichen Ersparnisse mit sich herumschleppt, wenn sie auf Freier wartet, müßte erst noch geboren werden.“

Tompütte stampfte wütend auf den Boden. „Na gut, Freigraf. Ihr seid der Untersuchungsrichter, und es ist Euer Verhör. Macht Euch an die Arbeit!“

Ketteler ging zu dem Gefangenen hinüber, der von der leise geführten Unterhaltung nichts mitbekommen hatte. Kottman trug Hand- und Fußfesseln, und zwei Polizeidiener standen bereit, um ihn notfalls zu bändigen.

„Johann Kottman“, sagte der Freigraf mit lauter Stimme, „du hast die ganze Nacht Zeit gehabt, deine Lage zu überdenken. Ich frage dich noch einmal: Hast du die Hure Catharina Kamps getötet? Wenn du jetzt ein vollständiges Geständnis ablegst, kannst du dem Peinlichen Verhör entgehen.“

Kottman schaute ihn mit haßerfüllten Augen an. „Ich bin unschuldig. Ich habe niemanden ermordet. Das, was ich in der Schänke gesagt habe, war leeres Gerede.“ Er schrie fast. „Gibt es denn keine Gerechtigkeit in Münster? Warum müssen immer die Kleinen dran glauben?“

„Wie du willst“, sagte der Freigraf kalt und gab dem Scharfrichter ein Zeichen.

Da trat Pater Martin hinzu und bat: „Laßt es mich versuchen!“

Mit einem Kopfnicken bedeutete Ketteler seine Zustimmung.

Martin wartete, bis sich der Freigraf zurückgezogen hatte. „Johann Kottman, ich spreche als Priester zu dir. Wenn du eine Sünde begangen hast, wirst du dafür büßen müssen. Ich bitte dich jedoch: Erspare dir und uns die Qualen der Tortur! Ich bin bereit, dir hier und jetzt die Beichte abzunehmen, damit deine Seele Frieden vor Gott findet. Und gib den weltlichen Behörden die Auskünfte, die sie erwarten!“

Kottman spuckte Martin vor die Füße. „Scher dich zum Teufel, Pfaffe! Mit euch Jesuiten will ich nichts zu tun haben.“

Der Scharfrichter, ein grobschlächtiger Mann, der von den ehrbaren Bürgern wegen seines Amtes gemieden wurde, hatte dem Gefangenen die Folterinstrumente vorgeführt. Dann hatte er ihn, mit Hilfe der Botmeister, entkleidet und ihm die Haare abgeschnitten. Jetzt saß Kottman nackt auf dem Folterstuhl, und seine Daumen steckten in schweren eisernen Zwingen.

„Ich frage dich zum letzten Mal gütlich, Johann Kottman“, sagte Ketteler. „Hast du die Hure Catharina Kamps ermordet?“

Kottman ließ einen Wind fahren. „Das ist meine Antwort, Richter.“

Der Freigraf versuchte es mit einer List. „Dein Leugnen ist zwecklos. Es gibt einen Zeugen, der dich zusammen mit

Catharina gesehen hat."

„Das ist nicht wahr", schrie der Tagelöhner. „Er kann mich nicht mit ihr gesehen haben."

„Warum nicht? Du hattest doch zwanzig Taler in der Tasche. Viel Geld für einen Mann wie dich. Da konntest du dir einiges leisten. Was kostet eine Hure? Einen Taler? Oder weniger? Aber es lief nicht so, wie du es dir vorgestellt hast. Es kam zu einem Streit. Und plötzlich, ohne daß du es beabsichtigt hast, war sie tot."

„Nein, nein", widersprach Kottman. „So war es nicht. Da hatte ich das Geld doch noch gar nicht."

„So? Wann hast du es denn bekommen?"

„Gestern, erst gestern."

„Du bist also gestern nach Ibbenbüren gereist und am selben Tag wieder zurückgekommen. Das schafft ja nicht einmal die Reichspost des Grafen Thurn und Taxis."

„Ibbenbüren?" fragte Kottman ratlos.

„Du hast mir gestern abend erzählt, daß du das Geld von einem Bauern in Ibbenbüren erhalten hast."

Der Gefangene schwieg.

„Du lügst, Kottman. Und ich will jetzt endlich die Wahrheit wissen." Ketteler wandte sich an den Scharfrichter: „Dreh die Daumenschrauben zu!"

„Ist das wirklich notwendig?" fragte Martin leise.

„Ich hasse es genauso wie Ihr", antwortete der Freigraf. „Aber auf gütlichem Wege erreichen wir bei dem da nichts."

Der Scharfrichter beugte sich über den Gefangenen, der heftig an seinen Fesseln zerrte.

„Halt! Ich will reden."

Ketteler befahl dem Scharfrichter, zurückzutreten. „Nun?"

„Versprecht Ihr mir, daß Ihr Euch für mich einsetzt?"

„Wie ich bereits sagte: Bei einem umfassenden Geständnis hast du ein mildes Urteil zu erwarten."

„Ja, ich habe sie getötet."
„Warum?"
Kottman grunzte. „Das wißt Ihr doch längst: Für fünfundzwanzig Taler hab ich's getan. Ich war blank, den letzten Kreuzer hatte ich ausgegeben. Der Hunger fraß in meinen Eingeweiden, nicht mal mehr einen Becher Bier konnte ich mir leisten. Ihr könnt Euch nicht vorstellen, wie das ist, aber in einer solchen Lage macht man alles."
„Wer hat dir die Taler gegeben?"
„Das weiß ich nicht."
„Kottman!" drohte Ketteler. „Ein Wink von mir, und der Scharfrichter setzt seine Arbeit fort."
„So glaubt mir doch! Ich habe ihn nicht erkannt."
Nach der Aufforderung des Freigrafen, von Anfang an zu erzählen, begann der Gefangene: „Es war vorgestern abend, ich saß auf den Stufen der Ludgerikirche und überlegte, wo ich die Nacht verbringen sollte. Da kam ein feiner Herr vorbei, den ich noch nie gesehen hatte, und fragte mich, ob ich fünfzehn Taler verdienen wolle."
„Wie sah der Herr aus?"
„Groß, mit langen dunklen Haaren, in teuren Gewändern. Ein Bürger oder Edelmann, nehme ich an, jedenfalls kein Geselle oder Tagelöhner."
„Weiter!"
„Ich habe nicht lange gezögert und ja gesagt. Daraufhin gab er mir zu verstehen, daß er nicht der eigentliche Auftraggeber sei. Den würde ich im Neuwerk am Bispinghof finden." Kottman gab eine genaue Beschreibung der Stelle, an der er den Unbekannten treffen sollte. „Zum Schluß empfahl mir der Herr noch, ich möge mich sputen. Das ließ ich mir nicht zweimal sagen. Wie ein Hase bin ich zum Neuwerk hinuntergerannt. Und tatsächlich, im Schatten der Mauer stand ein Mann. Ich wollte näher treten, aber er gab mir den Befehl, mich umzudre-

hen. Das sei zu meinem und seinem Schutz. Und dann fragte er, ob ich bereit sei, für fünfzehn Taler eine Hure zu töten. Zuerst habe ich nur gelacht und das Ganze für einen Scherz gehalten. Doch dann merkte ich, daß er es ernst meinte."

„Und du hast es getan", stellte Ketteler fest.

„Nicht sofort. Ich habe mich gesträubt, das könnt Ihr mir glauben. Erst als er den Preis auf fünfundzwanzig Taler erhöht hat, bin ich schwach geworden. Die Sache sei überhaupt nicht schwierig, hat er mir versichert. Die Hure liege in einer Stunde gefesselt und geknebelt an der Stadtmauer zwischen dem Hörster- und dem Mauritztor. Ich müsse sie nur töten und in den Käfig am Mauritztor stecken."

„Warum gerade in den Käfig?"

„Das hat er nicht gesagt."

„Wieso hast du nicht die fünfundzwanzig Taler genommen und Fersengeld gegeben?"

„Wenn das so einfach gewesen wäre." Kottman bewegte sich unbehaglich auf dem Folterstuhl. „Könnt Ihr mich nicht losbinden lassen?"

„Sobald du deine Geschichte zu Ende erzählt hast."

„Er hat mir nur fünf Taler gegeben. Den Rest würde ich bekommen, nachdem ich den Auftrag erledigt hätte. Und so war es auch."

„Wie bist du an die restlichen zwanzig Taler gekommen?"

„Sie lagen unter einem Stein, genau an der Stelle im Neuwerk, wo unser Gespräch stattgefunden hat."

Ketteler dachte nach. Nach einer Weile sagte er: „Überlege gut, Kottman! Der Mann an der Ludgerikirche und der im Neuwerk – war das vielleicht ein und derselbe?"

„Nein. Der zweite Mann hatte eine andere Stimme und auch nicht dieselbe Größe."

„Ist dir an dem zweiten Mann, dem im Neuwerk, irgendetwas aufgefallen?"

„Nun ...“

„Rede schon!“

„Seine Stimme kam mir bekannt vor. Ich bin mir nicht sicher, aber es könnte der Aldermann Klünne gewesen sein. Ich habe vor Jahren mal für ihn gearbeitet.“

„Was erlaubt sich der Kerl?“ mischte sich Richtherr Tompütte ein. „Wie kommt er dazu, den ehrenwerten Aldermann zu beschuldigen? Fragt ihn lieber, warum er den Spanier ermordet hat!“

Der Freigraf seufzte. „Kannst du beschwören, daß es sich um Klünne handelte?“

„Nein. Er hat ja seine Stimme verstellt. Es ist nur so ein Gefühl.“

„Na gut.“ Ketteler warf Tompütte einen kurzen Blick zu. „Einen Tag, bevor du Catharina ermordet hast, ist auf dem Domplatz ein Spanier ums Leben gekommen. Was weißt du darüber?“

„Nichts.“ Kottman bäumte sich auf. „Damit habe ich nichts zu tun. Was wollt Ihr mir jetzt noch anhängen?“

„Schon gut.“ Ketteler winkte den Scharfrichter heran. „Binde ihn los!“

„Halt!“ rief Tompütte. „Warum brecht Ihr das Verhör ab?“

„Weil wir alles erfahren haben, was er uns berichten kann.“

„Da bin ich anderer Meinung. Wer einen Mord begeht, ist auch zu einem zweiten fähig.“

Ketteler zog Tompütte zur Seite. „Noch einmal, Richtherr: Dieser Mensch da kann Navarrete nicht getötet haben. Nur ein erfahrener Armbrustschütze ist dazu in der Lage.“

„Und warum traut Ihr ihm das nicht zu?“

„Weil er niemals in seinem Leben eine Armbrust besessen hat.“

„Das sind doch Mutmaßungen, Freigraf. Muß ich Euch

daran erinnern, daß ich als Richtherr das Peinliche Verhör leite. Ich denke, wir sollten die Daumenschrauben ein wenig fester zudrehen. Und wenn das nichts hilft, könnten wir es mit den Spanischen Stiefeln oder dem Bock versuchen."

„Sagtet Ihr nicht, daß dazu ein Ratsbeschluß nötig ist?" machte Ketteler einen letzten Versuch.

Tompütte lachte leise. „Und habt Ihr Euch nicht selbst darüber hinweggesetzt?"

Und Kottman gestand. Zuerst gab er zu, er habe den Spanier ebenfalls erwürgt, dann, als er merkte, daß Tompütte mit der Antwort nicht zufrieden war, behauptete er, er habe ihn mit einem Messer erstochen.

Tompütte tobte vor Wut, doch schließlich blieb ihm nichts anderes übrig, als die Tortur abzubrechen. Da das Verhör von einem Gerichtsschreiber protokolliert wurde, durfte der Richtherr die Armbrust nicht erwähnen. Ein solcher Verfahrensfehler wäre vom Gericht beanstandet worden.

Am Ende, als ihm die Aussagen vorgelesen wurden, bestätigte Kottman sein Geständnis bezüglich der Ermordung von Catharina Kamps, den Mord an Navarrete stritt er erneut ab. Ketteler ließ Kottman ins Gefängnis zurückbringen und bat den Scharfrichter, seine Frau dort hinzuschicken. Die Frau des Scharfrichters behandelte gewöhnlich die Wunden der Gefangenen, da sie über eine gewisse Erfahrung und Geschicklichkeit in der Heilkunst verfügte.

Der Freigraf atmete tief die kalte Winterluft ein. Auf der Straße vor dem Niesingturm lag dichter Nebel. Die tiefstehende Sonne schaffte es nicht, ihn aufzulösen.

„Nun, was sagt Ihr dazu?" Ketteler vermied es, Pater Martin direkt anzusehen. Er fühlte sich schuldig, weil er den Jesuiten gedrängt hatte, dem Verhör beizuwohnen. Und weil ihm Tompütte das Heft aus der Hand gerissen hatte.

„Der mysteriöse Auftraggeber wollte, daß Kottman geschnappt wird. Der Tagelöhner sollte den Sündenbock abgeben."

„Ja, so sehe ich es auch", sagte Ketteler, froh, daß Martin die Vorkommnisse im Folterkeller unerwähnt ließ. „Eigentlich hätten ihn die Torwächter im Mauritztor bemerken müssen. Nur Kottmans Geschicklichkeit oder dem Umstand, daß die Torwächter besoffen waren, ist es zu verdanken, daß der Plan mißlang."

„Aber was steckt dahinter?" fragte Martin. „Wieso hat Klünne – wenn es denn wirklich Klünne war – Catharina ermorden lassen?"

Der Freigraf schnaufte. „Es ist eine Crux mit diesem Fall. Kaum lüftet sich an einer Stelle der Schleier, stößt man nur auf neue Fragen. Vielleicht hat Navarrete bei Catharina doch ein Staatsgeheimnis ausgeplaudert. Möglicherweise gibt es geheime Verhandlungen zwischen den Spaniern und den Niederländern, die auf keinen Fall an die Öffentlichkeit dringen dürfen. Und Klünne hat im Auftrag der Niederländer die Hure mundtot gemacht. Das würde seinen Schreck erklären, als er uns im Krameramtshaus erblickte."

„Was wollt Ihr jetzt unternehmen?"

„Für eine Verhaftung Klünnes reicht die bloße Vermutung eines Mörders nicht aus. Der Stadtrat würde mir keine Rückendeckung geben. Die Ratsherren können es sich nicht leisten, die mächtigen Gilden zu vergraulen. Nein, im Moment bin ich ratlos. Ich werde mit Bürgermeister Timmerscheidt über die Angelegenheit sprechen. Ohnehin tagt gleich der Stadtrat."

Die beiden Männer verabschiedeten sich. Martin versprach, später am Tag in der Lütgen Gasse vorbeizukommen. Dann könne er auch endlich mit Anna reden.

# Dreizehntes Kapitel

Ketteler ahnte sofort, daß irgendwo ein Hase im Pfeffer lag. Zu freundlich war Bürgermeister Timmerscheidt gewesen. Und wozu schleppte er ihn in die Rüstkammer, wo kein fremdes Ohr mithören konnte? Und was sollte das Getue mit dem Gespräch von Mann zu Mann?

Zuerst redete Timmerscheidt um den heißen Brei herum. Ketteler habe mit der Verhaftung Kottmans einen großen Erfolg eingeheimst, und wie er dem Gefangenen beim Peinlichen Verhör das Geständnis entlockt habe, sei hervorragende Polizeiarbeit gewesen. Er, Timmerscheidt, sei auf dem laufenden, da ihm Richtherr Tompütte bereits Bericht erstattet habe.

„Was ich jetzt von Euch verlange, Freigraf", kam der Bürgermeister endlich zur Sache, „wird Euch vielleicht erstaunen oder sogar irritieren, doch ich bitte Euch zu bedenken, daß die Politik manchmal seltsame Wege gehen muß, um dem Großen und Ganzen zu dienen. Die Neutralität Münsters verpflichtet uns, für einen reibungslosen Verlauf der Friedensverhandlungen zu sorgen."

Ketteler wartete ab.

„Euch ist klar, daß der Name des Aldermannes Klünne während der Ratssitzung nicht fallen darf? Das Letzte, was wir im Moment gebrauchen können, ist eine Auseinandersetzung zwischen dem Stadtrat und den Gilden."

„Es gibt keine Beweise gegen Klünne", antwortete Ketteler ausweichend. „Der Gefangene hat lediglich eine Vermutung geäußert."

„Ich sehe, daß Ihr vernünftig seid.“ Timmerscheidt nickte und schaute zu den Waffen, die entlang der Wände gestapelt waren.

Welcher dicke Hund kommt noch, dachte der Freigraf. Laut fragte er: „War das alles, Bürgermeister?“

„Nein.“ Timmerscheidt räusperte sich. „Ich denke, Kottman eignet sich hervorragend als Mörder von Señor Navarrete. Ich weiß, was Ihr sagen wollt“, beschwichtigte er Ketteler, der schon den Mund geöffnet hatte, „Kottman hat den Mord an Navarrete widerrufen. Aber er ist ein gemeiner und abscheulicher Mensch, der für fünfundzwanzig Taler eine junge Frau getötet hat.“

„Kottman kommt als Mörder von Navarrete nicht in Frage“, fuhr Ketteler wütend auf. „Nur ein ausgebildeter Armbrustschütze kann in der Dunkelheit einen solchen Treffer landen.“

„Schon möglich“, gab Timmerscheidt zu. „Wenn es sich um einen unschuldigen Menschen handeln würde, wäre ich vollkommen auf Eurer Seite. Doch das Todesurteil ist ihm sowieso gewiß. Was macht es da schon aus, ob wir ihm eine oder zwei Bluttaten aufladen?“

„Ich habe versprochen, daß ihm sein Geständnis die Gnade eines schnellen Todes einbringt.“

„Das wird leider nicht möglich sein. Wegen der Schwere des Verbrechens kommt eigentlich nur das Rad oder die Vierteilung in Betracht.“

Ketteler schwieg verbittert.

„Begreift doch, daß er sich in die Notwendigkeit fügen muß. Ob er nun eine halbe Stunde früher oder später vor seinen Herrgott tritt, ist letztlich unerheblich.“

Ich möchte Euch sehen, wenn Ihr auf dem Rad liegt, hätte Ketteler am liebsten gesagt. Statt dessen fragte er: „Wie wollt Ihr das Urteil begründen?“

„Kottman hat den Mord an Navarrete gestanden, im Prinzip jedenfalls."

„Unfug. Er hat die Armbrust mit keinem Wort erwähnt."

„Ein kleiner Formfehler, gewiß. Aber die erdrückene Last der Indizien spricht gegen ihn." Timmerscheidt verschränkte die Arme vor der Brust. „Freigraf, ich erwarte, daß Ihr Euch loyal verhaltet. Ich weiß, daß Ihr Euer Amt mit Freude ausübt."

Ketteler verstand die versteckte Drohung. „Was soll ich tun?"

„Gar nichts. Ihr sollt den Mund halten. Richtherr Tompütte wird dem Rat Bericht erstatten, und aufgrund seiner Empfehlung kommen wir dann zu einem Urteil."

Der Freigraf fuhr sich mit der Hand übers Gesicht. Einen Moment lang war er entschlossen, sein Amt auf der Stelle niederzulegen. Doch was würde Elisabeth dazu sagen? Wie sollte er seine Familie und die Dienerschaft ernähren, wenn er nicht mehr seinen Freigrafensold kassierte?

„Euch ist bewußt, daß der Mörder von Navarrete weiterhin frei in Münster herumläuft?"

Timmerscheidt machte eine wegwerfende Handbewegung. „Falls er nicht schon längst über alle Berge ist. Eure Ermittlungen sind im Sande verlaufen. Der Fall ist mausetot." Er klopfte Ketteler auf die Schulter. „Freundet Euch mit dem Gedanken an, daß wir einen guten Mörder präsentieren können."

„Und was ist, wenn Klünne dahintersteckt?"

„Dann gnade uns Gott."

Während der Sitzung des Stadtrates, der gleichzeitig als Gericht fungierte, hielt Ketteler den Blick gesenkt. Die wenigen Fragen, die an ihn gerichtet wurden, beantwortete er einsilbig.

Das große Wort führte Tompütte. Der Richtherr legte dar, daß Johann Kottman des Mordes an Catharina Kamps überführt und ihm mit großer Wahrscheinlichkeit auch der Mord an dem Spanier Navarrete zuzuschreiben sei. Den unbekannten Auftraggeber des Mordes an der Hure erwähnte Tompütte nur am Rande. Genauso gut, sagte er, sei es möglich, daß Kottman die Geschichte erfunden habe, um von seiner Schuld abzulenken. Der Tagelöhner könne die fünfundzwanzig Taler auch Catharina oder Navarrete gestohlen haben.

Der Stadtrat akzeptierte die Darstellung Tompüttes und beauftragte ihn, den Stadtrichter aufzusuchen. Dieser mußte, nach dem Gesetz, dem Gefangenen den Gerichtstag ankündigen. Falls sich der Stadtrichter, wegen der juristischen Streitigkeiten zwischen Bischof und Stadtrat, wie zu erwarten weigern sollte, wurden die beiden Richtherren Tompütte und Everding ermächtigt, die notwendigen Formalitäten zu erledigen. Der Gerichtstag auf der Galgheide, jenseits des Ludgeritores, würde dann unter ihrem Vorsitz das Urteil verkünden.

Erst am Gerichtstag würde der Stadtrat auch das Urteil fällen. Doch schon jetzt ließen die Redner keinen Zweifel daran, daß aufgrund der Schwere des Verbrechens nach Artikel 137 der Halsgerichtsordnung nur die ordentliche Strafe des Rades mit Schleifen und Zangenreißen in Frage käme.

Elisabeth sah sofort, daß ihrem Mann eine Laus über die Leber gelaufen war. Besorgt erkundigte sie sich, was passiert sei.

„Politik“, sagte er nur, und sein Tonfall klang, als würde er Pest, Cholera und Fleckfieber meinen.

Sie verstand, daß es keinen Sinn hatte, weiter in ihn zu dringen. „Pater Martin ist bei Anna“, erzählte sie.

Die Gesichtszüge des Freigrafen wurden weicher. „Und was machen die beiden?"

„Als ich das letzte Mal oben lauschte, lasen sie sich gegenseitig Gedichte vor."

„Zwei verwandte Seelen." Kettler ließ sich schwerfällig auf den Stuhl am Kamin fallen. „Ah! Jetzt einen Schluck Wein." Er griff nach seiner Tonpfeife.

Den ersten Becher Wein leerte Ketteler in einem Zug. Dann zündete er die Tonpfeife an und starrte trübe in die Flammen.

„Habt Ihr Anna ein wenig aufmuntern können", fragte der Freigraf, als er Martin zur Tür brachte.

„Ich glaube, ihr Leiden kommt von einem schweren Kampf, den sie in ihrer Seele austrägt. Nur sie selbst kann sich daraus befreien."

„Ihr redet in Rätseln, Pater."

„Sie wird es Euch sagen – wenn es an der Zeit ist."

Ketteler nickte. „Dann sehen wir uns heute abend, in der Ratskammer."

Martin schüttelte unwillig den Kopf. „Muß das wirklich sein? Nach all dem, was Ihr mir über die Ratssitzung berichtet habt? Mir jedenfalls ist nicht nach einem Friedensballett zumute. Nicht im Kreis dieser anmaßenden Menschen."

„Ihr seht das zu verkniffen", widersprach der Freigraf. „Gerade weil alle da sind, brenne ich darauf. Vielleicht kann ich ein paar Worte mit Klünne wechseln und ihm ein bißchen auf den Zahn fühlen. Ich habe zwar keinen offiziellen Auftrag mehr, aber niemand kann mich daran hindern, in dem Sumpf zu rühren."

# Vierzehntes Kapitel

Die Ratskammer war eigentlich viel zu klein für die vielen Menschen, die sich in ihr drängten. Hinter den Ratsherren und ihren Frauen wollten die Alderleute und die einflußreichsten Vertreter der Gesamtgilde nicht zurückstehen. Die Franzosen, die das Ballett veranstalteten, hatten zudem ihre Verbündeten eingeladen. Ketteler erblickte den schwedischen Residenten Freiherr Schering Rosenhane im Gespräch mit Doktor Rottendorff, in dessen geräumigem Haus er logierte. Auch der Holländer Adrian Pauw und etliche Männer mit bräunlicher Haut, die der Freigraf für Portugiesen oder Katalanen hielt, mischten sich unter die Zuschauer. Sogar die beiden Friedensvermittler, der stets schwermütig dreinblickende Apostolische Nuntius Fabio Chigi, der den Titel eines Bischofs von Nardo trug, und der korpulente Botschafter der Republik Venedig, Alvise Contarini, waren erschienen. Bis auf die kaiserliche Partei und die mit ihr liierten Mächte hatte sich im münsterschen Rathaus alles eingefunden, was in der Domstadt Rang und Namen trug. Edelster Zwirn, feinstes Tuch, elegante Kleider und kostbarer Schmuck betörten die Sinne, und über allem lag der betäubende Geruch von schwerem Parfüm.

Natürlich ließ es sich die Herzogin von Longueville, die Frau des französischen Prinzipalgesandten, nicht nehmen, als letzte den Saal zu betreten. Huldvoll lächelnd schritt sie durch die Gasse, die sich sofort vor ihr öffnete. Ketteler hatte sie bislang nur von Ferne gesehen, jetzt, wo ihr damastblaues Kleid seine blankgewienerten Stiefel streifte, war er ein wenig enttäuscht. Das sollte die vielgerühmte Schönheit sein, die mit ihren veilchenblauen Augen manchem jungen Adeligen am französischen Hof den Kopf verdreht hatte? Geschichten über heiße Liebesaffären und Duelle im Morgengrauen waren ihr nach Westfalen vorausgeeilt. Dabei, fand Ketteler, konnten es viele münstersche Bürgerinnen mit der üppigen Blondine aufnehmen, die ihre Pockennarben unter dicker Schminke verbarg.

„Meinen Glückwunsch, Freigraf", sagte eine Stimme mit ausländischem Akzent.

Ketteler drehte sich um und schaute in die traurigen Augen Fabio Chigis.

„Wie ich hörte, habt Ihr den Mörder des spanischen Edelmannes überführt."

Der Freigraf errötete. „Purer Zufall", murmelte er beschämt. „Der Strolch hat sich selbst verraten."

„Es ehrt Euch, daß Ihr Euer Licht unter den Scheffel stellt", lobte der Nuntius weiter. „Der Mord hätte sich wie ein Nachtmar auf den Friedenskongreß legen können. Jetzt sind die Spanier wieder bereit, zu verhandeln."

Chigi entfernte sich, und Elisabeth drückte liebevoll den Arm ihres Gatten. „Du siehst, alles wird gut."

„Abwarten", knurrte Ketteler. Er hatte ihr immer noch nicht eingestanden, wie sehr die Geschehnisse am Morgen seine Ehre verletzten.

So etwas wie das Friedensballett hatte man in Münster noch nicht gesehen. Es war nicht zu vergleichen mit den religiösen Szenen der Jesuitendramen, und auch nicht mit den frivolen Maskenpossen der Karnevalszeit. Fasziniert und hingerissen verfolgten die Zuschauer die rasche Abfolge von Pantomime, Deklamation, Gesang und Tanz, die durch Geigenspiel untermalt war. Daß alle Frauenrollen von Männern gespielt wurden, sorgte zusätzlich für große Heiterkeit.

Zuerst trat ein alter Mann auf, der die „Zeit“ darstellte. Dann erschienen zwei Bauern mit Stöcken und Körben. In einem Korb saßen zwei Ferkel, im anderen eine dicke Gans. Die Bauern wurden von zwei Soldaten überfallen und beraubt, die anschließend um die Beute spielten und in Streit gerieten. Darauf kam der Dorfrichter in seiner Robe, tanzend entdeckte er den Degen, den einer der Plünderer verloren hatte, warf sein Richtergewand ab und begann zu fechten. Nun traten zwei Edelleute und zwei Kaufleute aus Münster auf, die die Widerwärtigkeiten der Zeit beklagten. Anschließend kamen Vertreter der Nationen, je ein Franzose, Deutscher, Spanier und Italiener. Sie machten Anstalten, sich zu vertragen, aber die „Zwietracht“ tanzte herein und jagte sie fort. Der „Frieden“ erschien in Begleitung seiner beiden Töchter, sang ein Chanson und tanzte mit den Mädchen. Es folgten Bürger und Bürgerinnen, Mägde, ein Wüstling mit zwei Dirnen und ein Trunkenbold, bis schließlich im Großen Ballett alle miteinander tanzten.

Ketteler verstand herzlich wenig von den französisch gesungenen und deklamierten Texten, ab und zu ließ er sich von Pater Martin den Inhalt übersetzen. Martin hatte im Programmheft geblättert und entdeckt, daß François Ogier, der Kaplan des Grafen d'Avaux, die Chansons verfaßt hatte. Er war erstaunt über die Ernsthaftigkeit der Aussagen, die im krassen Gegensatz zu den burlesken Verkleidungen und drolligen Gebärden der Tänzer standen. So ließ Ogier den „Frieden“ Verse vortragen, die sinngemäß lauteten: „Aus der höchsten Höhe des feurigen Himmels, wohin ich mich geflüchtet habe, seitdem alle Sterblichen meine göttlichen Altäre entweihen, komme ich auf Befehl des großen Jupiter in die Mitte von Münster. Hier betrachte ich von allen Seiten eine Unzahl verschiedener Handwerker aus aller Welt, zusammengerufen, um meinen Tempel wieder aufzubauen; aber sie werden vergeblich arbeiten, wenn ich nicht auch mit Hand anlege. Daher steige ich vom Himmel auf die Erde hernieder, um das Fundament zu legen, einen Stein, der härter ist als der Diamant. Spanier, Franzosen und Deutsche, verfolgt das Werk meiner Hände, damit jeder von Euch es verschönere und damit dieses neue Gebäude mit neuem Schmuck vollkommener und herrlicher entstehe, wo Eure Kinder und Enkel ihre Gelübde darbringen und sagen: An diesem Ort hat der flüchtige Frieden unsere Krieger endlich entwaffnet und ihre Lorbeeren für immer in Olivenzweige verwandelt. Triumphieren wird bald, Ihr Christen, der zunehmende Mond über den bleichen Schrecken!"

Beim letzten Chanson, mit dem das Stück endete, mußte Martin schmunzeln. „Eine Huldigung an die westfälischen Frauen", flüsterte er Ketteler zu, „obwohl ..."

„Was? Machen die sich über unsere Frauen lustig?"

„Nicht direkt. Eigentlich ist es ein Kompliment, allerdings ein zweischneidiges."

„Nun übersetzt endlich!" forderte der neugierig gewordene Freigraf.

„Obgleich Frankreich und Italien/ Länder der Frauenschönheit sind/ lieben wir die Natürlichkeit/ der westfälischen Bürgerinnen./ Ihre Gesichter sind nicht so hübsch/ noch ihre Unterhaltung so geziert/ aber immer verbindet sich dabei naives Wesen mit Lieblichkeit./ Daher lebt wohl, Schönheiten des Hofes/ wir sehen wohl ein, daß eure Liebe/ nichts ist als Verstellung und Malerei/ wir suchen unser Glück anderswo./ Die natürlichen Bewegungen übertreffen die Feinheiten der Kunst."

„Diese Franzosen", zischte Ketteler. „Bilden sich ein, ihre Frauen wären was Besonderes. Dabei ist mir meine Elisabeth hundertmal lieber als diese blasierte Herzogin."

„Ich schätze, in etwa hat Ogier das auch gemeint", sagte Martin.

Nach der Aufführung ließen die Bürgermeister Platten mit Konfekt reichen.

Ketteler schob sein zweites Praliné in den Mund und wartete auf eine günstige Gelegenheit, mit Klünne ins Gespräch zu kommen. Dummerweise unterhielt sich der Aldermann gerade mit Richtherr Tompütte.

„Euch mundet unsere kleine Aufmerksamkeit?" Mit jovialem Lächeln gesellte sich Bürgermeister Timmerscheidt zu den Kettelers.

„Vorzüglich", erwiderte Elisabeth. „Wo habt Ihr diese Köstlichkeiten erstanden?"

„Beim Apotheker Werneking. Er versteht sich darauf, Konfekt nach französischem Rezept herzustellen. Und da glaubt manch einer, Münster sei ein Kuhdorf." Timmerscheidt beugte sich zum Freigrafen. „Daß Ihr gekommen seid, werte ich als Zeichen dafür, daß Ihr mir den Vorfall von heute morgen nicht krumm nehmt. Ihr werdet sehen, wir haben die beste aller Möglichkeiten ergriffen."

„Ich hoffe, daß Ihr recht habt", antwortete Ketteler frostig. „Aber überzeugt habt Ihr mich nicht."

„Ihr seid in Eurer Ehre verletzt, Freigraf, das verstehe ich. Auch ich muß in meinem Amt so einiges schlucken, das mir quer die Kehle hinuntergeht. Das bringt die Politik und unsere Verantwortung für die Stadt mit sich. Doch die Zeit heilt alle Wunden."

Ketteler rang sich eine gemurmelte Zustimmung ab, weil er den Bürgermeister loswerden wollte. Aus den Augenwinkeln sah er, daß sich Klünne von Tompütte verabschiedete.

Nachdem er Timmerscheidt abgeschüttelt hatte, kreuzte der Freigraf scheinbar zufällig den Weg des Aldermannes.

„Ach, Herr Klünne, gut, daß ich Euch treffe."

„Ihr schon wieder, Ketteler." Das mürrische Gesicht des großgewachsenen Gildensprechers verfinsterte sich. „Ich wüßte nicht, was wir zu besprechen hätten."

„Ich dachte an unsere letzte Begegnung, bei den Niederländern im Krameramtshaus. Wollt Ihr mir verraten, was Ihr dort gemacht habt?"

„Geht Euch das etwas an? Muß ich die Polizei um Erlaubnis fragen, wenn ich unsere niederländischen Freunde besuche?"

„Gewiß nicht. Es sei denn, Euer Besuch steht im Zusammenhang mit Straftaten, die in mein Ressort fallen."

Klünne wurde bleich vor Wut. „Das ist ja ungeheuerlich", stammelte er. „Wie könnt Ihr es wagen ..."

„Ich frage mich", unterbrach ihn Ketteler ungerührt, „ob die Niederländer wirklich so unschuldig sind. Habt Ihr eine Erklärung dafür, daß der Tagelöhner Kottman Euren Namen als den des Auftraggebers für den Mord an der Hure Catharina nannte?"

Klünne streckte seinen dürren Zeigefinger aus. „Das wird für Euch Folgen haben, Ketteler. Als Sprecher der Gilden kann ich ein solch ungebührliches Verhalten eines städtischen Beamten nicht hinnehmen."

„Ich habe eine schlichte Frage gestellt, Herr Aldermann."

„Die ich Euch weder beantworten kann noch will. Richtherr Tompütte hat getan, wozu Ihr nicht in der Lage wart: Er hat die Ermittlungen zu Ende geführt und dem Mörder ein Geständnis entrissen. Damit ist der Fall für mich erledigt."

Besorgte Rufe und spitze Angstschreie in seinem Rücken lenkten Ketteler ab. Er drehte sich um und sah, wie der Kramermeister Wilhelm Eickhaus langsam zu Boden sank. Eickhaus hatte seine Finger in das Kleid einer Frau gekrallt, die panisch kreischend versuchte, dem Griff des Sterbenden zu entkommen. Indes schien der Kramer nicht mehr zu bemerken, was um ihn herum vorging. Seine Augen blickten wirr, und weißer Schaum quoll aus seinem Mund. Endlich lösten sich seine Hände, mit wilden Zuckungen wälzte er sich auf dem Boden. Dann lag er still.

Die Umstehenden wichen zurück. Nur Doktor Rottendorff und Ketteler beugten sich über den Leblosen.

Rottendorff schnüffelte. „Bemerkt Ihr, daß es nach Knoblauch riecht?“ fragte er leise.

Der Freigraf nickte.

Der Arzt wirkte sehr ernst. „Weißes Arsen. Entweder hat sich Eickhaus selbst entleibt, oder das Gift befand sich im Konfekt.“

Ketteler merkte, wie das Blut aus seinem Kopf stürzte und die Knie weich wurden. „Aber ...“, er rieb sich den Bauch, „... ich habe selber zwei Pralinés gegessen.“

„Ich auch“, flüsterte Rottendorff zurück. „Beten wir, daß der Giftmischer das Arsen nicht gleichmäßig verteilt hat.“

Die beiden Männer erhoben sich. In der Ratskammer war es gespenstisch still. Alle Anwesenden hatten sich in einem großen Kreis um den Toten versammelt und starrten angstvoll auf den Freigrafen, der den Mund öffnete und mit einer Stimme, die ihm selbst merkwürdig fremd vorkam, zu reden begann: „Verehrte Gäste, aus Vorsichtsgründen muß ich darum bitten, auf den Genuß des Konfekts zu verzichten. Es besteht ...“

Weiter kam Ketteler nicht. Im Ratssaal brach ein unbeschreiblicher Tumult aus. Alle rannten und schrien durcheinander, Frauen wurden ohnmächtig, Männer übergaben sich auf den Parkettboden, selbst die, die überhaupt kein Konfekt gegessen hatten, fühlten sich plötzlich unwohl.

Rottendorff bemühte sich, so gut es ging, um die scheinbaren oder tatsächlichen Opfer, sprach denen, die über Übelkeit klagten, Trost zu, ließ den Frauen, die ohnmächtig geworden waren, die Kleider lockern und Luft zufächern, war sich jedoch von Minute zu Minute sicherer, daß er es mit den Folgen einer Hysterie und nicht einer Vergiftung zu tun hatte. Nach einer halben Stunde ging es den meisten wieder besser. Außer Eickhaus war niemand getötet worden.

Timmerscheidt, bleich und sichtlich angeschlagen, ließ sich schwerfällig neben Ketteler auf die Seitenbank fallen. „Ich bitte Euch nur um eines, Freigraf", sagte er müde. „Macht diesem Spuk ein Ende! Ihr habt alle Vollmachten."

# Fünfzehntes Kapitel

Der Apotheker Werneking, ein blasser Mann mit hängenden Schultern, zitterte wie Espenlaub. Er könne sich nicht erklären, wie das Arsen ins Konfekt gekommen sei. In seinem Labor, das schwöre er bei allen Heiligen, habe niemand Gift gemischt. Natürlich verfüge er über eine gehörige Menge Arsen, als Arsenik, in geringer Dosierung, sei es ein beliebtes Kräftigungsmittel. Aber ein Versehen oder eine Verwechslung seien ganz und gar ausgeschlossen. Da lege er auch für seine Gehilfen die Hand ins Feuer, deren Arbeit an den Süßwaren er persönlich überwacht habe.

Verzweifelt rang Werneking die Hände und schaute den Freigrafen mit flehenden Hundeaugen an: „Werdet Ihr mich jetzt in den Kerker sperren?“

„Nein“, sagte Ketteler streng. „Im Moment vermag ich kein Motiv für den Mord an Meister Eickhaus zu erkennen. Das heißt allerdings nicht, daß Ihr von jeglichem Verdacht befreit seid. Gut möglich, daß ich noch einmal auf Euch zurückkommen werde.“

„Ich stehe jederzeit zu Eurer Verfügung“, erbot sich der erbarmungswürdige Apotheker. „Mein sehnlichster Wunsch ist es, daß der Giftmischer so schnell wie möglich gefunden wird. Schaut Euch doch um, wie mein Geschäft läuft!“ Seine Stimme brach. „Nicht einen Kreuzer habe ich heute eingenommen. Keiner kauft mehr ein einfaches Pülverchen bei mir.“

„Eine Frage habe ich noch“, meldete sich Pater Martin. „Konfekt, wie es gestern abend im Rathaus gereicht wurde, habt Ihr das in letzter Zeit des öfteren hergestellt?“

„In solchen Mengen nicht."

„Aber in kleineren?"

„Nur auf Bestellung. Zuletzt für die Kramergilde, die es ihrem Gildensprecher zum fünfzigsten Geburtstag geschenkt hat. Aber das ...", Werneking stockte.

„... war ausgerechnet Meister Eickhaus", führte Ketteler den Satz zu Ende. „Zu dumm, daß er den Unterschied nicht geschmeckt hat."

„Seid Ihr zu dem gleichen Schluß gekommen wie ich?" fragte Martin, als sie über den Prinzipalmarkt gingen.

„Jemand hat ein Stück von Eickhaus' Konfekt gestohlen, das Arsen hineingemogelt und ihm gestern abend die vergiftete Süßigkeit zugespielt. Unwissend ist Eickhaus also an seinem eigenen Geburtstagsgeschenk gestorben."

„Genau."

„Aber wer war dieser Jemand?"

„Ich habe mich gestern aus dem Trubel herausgehalten, höfliche Konversation ist meine Sache nicht. Und die am Rande sehen mehr als die in der Mitte."

„Spannt mich nicht auf die Folter, Pater!" drohte Ketteler.

„Richtherr Tompütte hat sich mit Eickhaus unterhalten, ungefähr zur selben Zeit, als Ihr mit Aldermann Klünne den heftigen Disput führtet."

„Tompütte, Klünne", murmelte der Freigraf zornig. „Immer wieder stößt man auf dieselbe hundsföttische Brut. Wenn wir doch bloß eine Ahnung hätten, welcher teuflische Plan hinter all dem steckt!"

„Ich habe nur gesehen, daß Tompütte mit Eickhaus *geredet* hat, nicht, daß er ihm das Konfekt in die Hand gedrückt hat", schränkte Martin ein.

„Und Kottman *glaubt* nur, daß er Klünnes Stimme am Neuwerk gehört hat. Wenn wir wenigstens wüßten, was Klünne mit den Niederländern verhandelt hat."

„Habt Ihr ihn danach gefragt?" erkundigte sich der Jesuit.

„Ja. Und er hat mich behandelt, als hätte er einen aufmüpfigen Lakaien vor sich. Trotzdem." Ketteler faßte sich an die Nase. „Ich wäre nicht zwanzig Jahre Freigraf, wenn ich nicht den Schwefelgestank des Verbrechens riechen könnte. Mein Gefühl sagt mir, daß wir auf der richtigen Spur sind. Sobald wir das Motiv gefunden haben, sind die Burschen reif für den Scharfrichter."

„Und wenn nun überhaupt kein Sinn dahintersteckt?" sagte Martin nachdenklich. „Ich meine, kein herkömmliches Mordmotiv wie Habsucht, Intrige, Rache oder Eifersucht. Vielleicht haben wir es mit einem Bund zu tun, der Menschen aus ...", er zögerte, „... rituellen Gründen tötet."

„Ha!" machte der Freigraf. „Ist das Euer Ernst? Eine geheime Bruderschaft? Ein satanistischer Orden? Gar Hexerei?"

„Warum nicht?"

Ketteler glaubte nicht an den Teufel, und er war sich auch nicht sicher, ob es einen Gott gab. Die Verfolgung von angeblichen Hexen und die Peinlichen Verhöre der armen Frauen gehörten zu den Pflichten seines Amtes, gegen die er sich am meisten gesträubt hatte. Zum Glück lag die letzte Anschuldigung wegen Hexerei bereits drei Jahre zurück. Andererseits ließ sich nicht leugnen, daß es Menschen gab, die dem Ziegenfüßigen nachliefen und ihm zu Gefallen zu den absonderlichsten Taten fähig waren.

„Der ehrgeizige Klünne ein Anbeter des Leibhaftigen? Das paßt nicht zusammen."

„Täuscht Euch nicht, Freigraf! So etwas kommt in den höchsten Kreisen vor."

Die Witwe Eickhaus, ein dickliches Weib mit verquollenen Augen, lag in ihrem Bett und verströmte einen unangenehmen Geruch. Sie habe ihren Gatten nicht zu dem Friedensballett begleiten können, berichtete sie mit weinerlicher Stimme, weil ein leichtfertiges Purgieren sie zu mehr als zwanzig schmerzhaften Stuhlgängen gezwungen habe. So sei ihr die Nachricht von seinem Ableben erst in der Nacht überbracht worden, was, wie die Herren verstehen könnten, ihren körperlichen Zustand nicht verbessert habe.

Ketteler schneuzte sich ausgiebig mit dem Taschentuch und hielt sicheren Abstand vom Bett. Nachdem er ihr sein Mitgefühl versicherte hatte, fragte er, ob sie jemanden benennen könne, der dem seligen Kramermeister ans Leder wollte.

Die Antwort war ein heftiges Schluchzen und die Versicherung, daß ihr Mann keine Feinde gehabt habe.

Der Freigraf forschte weiter: „Habt Ihr in letzter Zeit etwas Auffälliges bemerkt, ein Ereignis, das seinen Gemütszustand verändert hat?"

Die Witwe stöhnte und ließ einen so lauten Wind fahren, daß Ketteler und Martin erschrocken zurückwichen. In ihrem Magen tobe ein schrecklicher Kampf, entschuldigte sie sich. Und wenn sie es recht bedenke, sei Wilhelm in den letzten Wochen merkwürdig fahrig gewesen. Er habe ihr aber keinen Grund genannt, und sie habe seine Unruhe auf den Umstand zurückgeführt, daß ihn seine Pflichten als Gildensprecher stark in Anspruch genommen hätten.

Welche speziellen Pflichten sie meine, wollte Ketteler wissen.

„Auch da kann ich Euch nichts Genaues sagen, Freigraf. Doch noch nie gab es so viele nächtliche Sitzungen im Kreis der Gildensprecher."

Ketteler warf Martin einen Blick zu, bevor er darum bat, die Stube des Meisters einsehen zu dürfen.

„Die Stube ist stets verschlossen." Die Witwe griff unter das Kopfkissen und zog einen Schlüssel hervor. „Die heutige

Dienerschaft ist nicht mehr das, was sie früher einmal war. Geht bitte sorgsam mit den Papieren um!" Sie stöhnte erneut. „Wilhem hat sich immer um alles gekümmert. Warum legt mir der barmherzige Gott nur eine solche Prüfung auf? Könnt Ihr mir das sagen, Pater?"

Statt eines langen Vortrags über die Erbschuld und die notwendigen Qualen der Prüfungen beließ es Martin bei einem kurzen Trostwort. Im Moment wünschte er nichts sehnlicher, als die stinkende Kammer zu verlassen.

Ketteler blieb wie angewurzelt stehen. „Teufelsschlag", stieß er aus. „Da war schon jemand vor uns am Werke."

Wüst sah es in der Stube aus, in der Meister Eickhaus seine Bücher geführt hatte. Die Schubladen der Kommode waren herausgezogen, die Truhen aufgeklappt, und die Papiere, die über Tisch und Boden verstreut lagen, flatterten im eiskalten Wind, der durch das geöffnete Fenster blies.

„Begleitet mich doch!" schlug Ketteler vor. „Die besten Gedanken kommen mir beim Reiten. Und da ich ohnehin nach Senden muß, können wir unsere Unterhaltung genauso gut auf dem Rücken von zwei Pferden fortsetzen."

Martin blickte skeptisch. „Pferde gehören zu den Kreaturen, mit denen ich mich nicht anfreunden kann. Entweder sie wollen nicht dahin, wohin ich will, oder sie werfen mich kurzerhand ab."

„Nicht meine Rosi. Eine solch lammfromme Stute habt Ihr noch nicht zwischen den Schenkeln gehabt."

Der Pater war nicht überzeugt, aber auch er mochte jetzt nicht mit seinen Gedanken allein sein. Die Tatsache, daß ein Einbrecher die Papiere von Eickhaus durchwühlt hatte, ließ nur den Schluß zu, daß sich die gegnerische Seite vor verräterischen Notizen fürchtete. Martin hatte den Eindruck, daß sich die Ereignisse zuspitzten und daß sie der Lösung schon sehr nahe gekommen waren.

Der Freigraf befahl Johan, die Pferde zu satteln. Dann führten sie die Tiere aus dem Stall und ritten gemächlich die Ludgeristraße hinunter. Durchs Ludgeritor und vorbei an den brachliegenden Feldern und Gärten vor der Stadtbefestigung, kamen sie auf die halbwegs befestigte Straße, die nach Senden führte. Der Schneeregen hatte die Lehmkruste aufgeweicht, schwerfällig trotteten die Pferde durch den Morast.

„Eure Satansbruderschaft in Ehren", knüpfte Ketteler an den Gedankenaustausch an, den sie früher am Tag geführt hatten. „Ich bevorzuge eine diesseitige Erklärung."

„Dann helft mir auf die Sprünge!" forderte Martin. „Leider weiß ich zu wenig über die Angelegenheiten der Gilden. Was könnte so wichtig sein, daß drei Menschen deswegen sterben mußten?"

„Ich bin kein Politiker, sondern nur Polizist", schränkte der Freigraf ein. „Meine Kenntnisse sind allgemeiner Natur."

„Aber Ihr seid gebürtiger Münsteraner, im Gegensatz zu mir."

„Nun gut. Wenn ich es richtig sehe, hat der Einfluß der Gilden in den letzten Jahrzehnten abgenommen. Sie verstanden und verstehen sich traditionell als Kontrollinstanz des Rates, und tatsächlich haben die Alderleute ja in einigen Fragen ein Vetorecht. Zugleich behaupten die Gilden, für die Gesamtheit der Bürgerschaft zu sprechen, was ihnen zunehmend von den Vertretern der Gemeinheit und der Leischaften streitig gemacht wird. Nur eine Minderheit der Bürger ist noch in den Gilden organisiert. So stecken die Gilden in einer Zwickmühle. Nicht mehr Volk und auch nicht Regierung, verteidigen sie ihre althergebrachten Rechte. Andererseits stehen die Gilden voll auf der Seite des Rates, wenn es um Auseinandersetzungen zwischen der Stadt und dem Fürstbischof geht. Denn eines ist klar: Die Macht der Gilden wird gänzlich schwinden, falls der Kurfürst, wie er es seit längerem androht, Münster seiner direkten Gewalt unterwirft."

Martin dachte nach. „Und solange der Friedenskongreß andauert, besteht diese Gefahr nicht?"

„Nein. Münster ist für die Dauer des Kongresses zur neutralen Stadt erklärt worden und besitzt alle Vollmachten einer Reichsstadt."

„Dann müßte es das Bestreben der Gilden sein, die Verhandlungen möglichst zu verlängern."

„Und dafür haben sie den Spanier Navarrete umbringen lassen?" Ketteler schüttelte den Kopf. „Ein reichlich abwegiger Gedanke, findet Ihr nicht?"

„Ist das Leben nicht manchmal abwegiger als unsere Gedanken, Freigraf? Meister Eickhaus könnte ein Gegner des Planes gewesen sein, und so mußte er sterben, bevor er Gelegenheit bekam, sich den Behörden zu offenbaren."

„Und Catharina?"

Martin zuckte mit den Schultern. „Die paßt nicht in das Szenario", gab er zu.

Sie erreichten einen dichten Nadelholzwald. Die schwache Wintersonne schickte Lanzen von Licht durch das dunkle Gehölz. Dumpf hallten die Hufe der Pferde auf dem federnden Boden.

„Wir haben einen Begleiter", sagte der Freigraf.

Der Pater drehte sich halb um und sah eine schwarzgekleidete Gestalt, die ungefähr dreihundert Fuß hinter ihnen ritt.

„Denkt Ihr, daß er uns verfolgt?"

„Ich weiß nur, daß er seit einer Viertelstunde hinter uns ist." Ketteler öffnete die Satteltasche und zog eine Pistole heraus.

Martin spürte, wie ein kalter Schauder seinen Rücken hinunterkroch. „Ist die Gegend hier gefährlich?“

„Es kommt gelegentlich zu Überfällen“, antwortete Ketteler gleichmütig. „Zumeist von marodierenden Soldaten. Der da aber ist kein Soldat.“

Plötzlich krachten vor ihnen Schüsse. Sie hörten Schreie von Männern und das Getrappel von Pferden, die durch das Unterholz brachen.

„Runter!“ brüllte Ketteler.

Sie sprangen ab und schlugen sich mit ihren Tieren ins seitliche Gehölz. Schwer atmend lehnte sich der Freigraf gegen einen Baumstamm, die Pistole schußbereit erhoben.

Sekunden später stob eine Herde Wildschweine an ihnen vorbei, gefolgt von Reitern, die Flinten schwangen und sich in einer fremden Sprache anfeuerten.

„Eine Jagdgesellschaft“, lachte Ketteler erleichtert.

„Es sind Spanier.“ Erst jetzt merkte Martin, daß seine Knie zitterten. Zu überraschend hatte ihn die Todesangst gepackt.

Weitere Schüsse fielen, und dann schlug eine Kugel direkt neben dem Freigrafen in den Baumstamm ein.

„Teufelsfurz und Krötenschleim“, entfuhr es Ketteler. „Wer ist so töricht ...“

Sie schauten in die Richtung, aus der der Schuß gekommen war, und sahen, wie der schwarze Reiter davongaloppierte.

„Seid Ihr verletzt?“ fragte Martin bang.

„Nein. Der Hund hat schlecht gezielt.“

Die Spanier, die von alldem nichts bemerkt hatten, waren inzwischen weitergezogen. Auch die Wildsau, die unweit der beiden Münsteraner tötlich getroffen verendete, war ihrer Aufmerksamkeit entgangen.

„Kommt! Laßt uns weiterreiten!“ sagte Ketteler, der seine

Fassung zurückgewonnen hatte. „Die Gefahr scheint vorläufig vorüber."

„Einen Moment noch", bat der Jesuit. „Ich bin sofort zurück." Schnell huschte er zu der Wildsau, die gerade ihr Leben ausröchelte.

# Sechzehntes Kapitel

Sie hatten die Stever überquert und sahen die ersten Häuser in der Ferne.

„Was habt Ihr eigentlich in Senden zu erledigen?" fragte Martin.

„Dort ist die Pest ausgebrochen."

Martin zog so heftig am Zaumzeug, daß sich Rosi aufbäumte und ihn beinahe abgeworfen hätte. Im letzten Moment krallte sich der Gottesmann in der Mähne fest. „Das sagt Ihr erst jetzt?"

„Ruhig, Rosi!" Ketteler tätschelte den Hals der Stute. „Ihr könnt sie wieder loslassen, Pater. Es ist nichts passiert."

Martin richtete sich auf und atmete tief durch.

Der Freigraf grinste. „Ihr fürchtet Euch doch nicht etwa vor dieser Geißel Gottes?"

„Nein, das heißt, ein wenig schon. Ich habe in Köln gesehen, wie Tausende von der Seuche dahingerafft wurden. Das Unheimliche an dieser Krankheit ist, daß sie von einem Menschen zum anderen überzuspringen scheint wie ein Floh."

Ketteler nickte. In seinem Magen nistete ebenfalls ein leichtes Unbehagen, was er aber niemals zugegeben hätte. „Keine Angst! Wir werden den Kranken nicht zu nahe kommen. Ich will nur dafür Sorge tragen, daß sich eine aufsässige Familie an die Pestordnung hält."

Das Dorf Senden bestand aus rund neunzig Häusern, die meisten davon strohgedeckt. Im Spanisch-Niederländischen Krieg war dem Flecken übel mitgespielt worden, was sich die

Dorfbewohner allerdings selbst zuzuschreiben hatten. 1587 hatten sie ein spanisches Lager überfallen und ausgeraubt. Die Spanier rächten sich prompt: Bis auf die Grundmauern brannten sie das gesamte Dorf nieder. Und auch in der Folgezeit mußten die Sendener abwechselnd spanische und niederländische Plünderungen über sich ergehen lassen. Jetzt aber blühte das Dorf, und jährlich kamen ein paar neue Häuser hinzu.

Der alte Dorfkern lag nördlich der Pfarrkirche St. Laurentius. Ketteler ritt an der Kirche vorbei zum Kellerhaus, der Gastwirtschaft, die der alte Berendt Schmitz gepachtet hatte. Kaum waren sie auf den Hof getrabt, kam ihnen der Alte schon entgegengerannt.

„Euch schickt der Himmel, Freigraf! Es wird höchste Zeit, daß jemand die Lippers in die Schranken weist." Er blickte kurz zu Pater Martin. „Einen Pfarrer haben wir selbst. Statt seiner hättet Ihr lieber ein paar Männer mit Gewehren mitbringen sollen."

Ketteler saß ab und drückte einem Knecht die Zügel in die Hand. „Was ist mit den Polizeidienern? Habt Ihr ihnen nicht meine Worte überbracht?"

„Doch. Noch in derselben Nacht, als wir aus Münster zurückkamen. Aber ..." Schmitz machte eine hilflose Geste.

„Wo sind diese Memmen?" Zornesröte schoß dem Freigrafen ins Gesicht.

„Sie sitzen da drin." Der Wirt zeigte auf seine Schänke.

Mit einer Behendigkeit, die man dem dickleibigen Mann nicht zugetraut hätte, stürzte Ketteler in die Schankstube. „Hah!" brüllte er, als er die beiden Uniformierten entdeckte, die hinter Krügen mit Dünnbier saßen. „Hier sitzt ihr also rum, ihr nichtsnutzigen Schlappschwänze! Was glaubt ihr, wofür euch die Stadt Münster bezahlt?"

Die Botmeister sprangen auf und nahmen Haltung an.

Drohend baute sich Ketteler vor ihnen auf. „Nicht dafür, daß ihr eure dicken Ärsche auf Schankstühlen plattsitzt und den lieben langen Tag Bier sauft."

Im Gegensatz zum Freigrafen waren die beiden Polizeidiener recht schlank und mit bescheidenen Gesäßen ausgestattet, doch wagten sie es nicht, auf diesen anatomischen Widerspruch hinzuweisen.

„Wir ...", begann der Ältere.

„Ja?" schnappte Ketteler.

„Wir haben alles versucht, Herr Freigraf. Aber die Lippers haben uns nur ausgelacht. Und sie haben meinen Kameraden und mich bedroht und mit Schlägen bedacht."

„Sie haben alles versucht." Ketteler redete zu den leeren Bänken, als hätte er ein Publikum vor sich. „Aber die Lippers haben sie nur ausgelacht." Urplötzlich wechselte er den Tonfall und brüllte: „Und wozu habt ihr Gewehre?"

„Die Lippers sind auch bewaffnet", verteidigte sich der Jüngere. „Sie haben Messer und Stangen. Und einmal, als wir vor dem Haus standen, hat uns eine Frau einen Topf mit heißem Wasser über den Kopf geschüttet."

„Messer, Stangen!" Ketteler schüttelte sich, als habe er abgestandenes Wasser getrunken. „Ihr elenden Versager! Paßt auf, was ich jetzt sage: Ihr begleitet mich zum Haus der Lippers. Und wehe, ihr weicht auch nur einen Schritt von meiner Seite! Dann schleppe ich euch persönlich nach Münster und sorge dafür, daß ihr die nächsten Jahre im Kerker verbringt. Ist das klar?"

Die Botmeister nickten. Ein wütender Freigraf war mindestens so schlimm wie die Pest.

Pater Martin und Berendt Schmitz schlossen sich dem Sturmtrupp an, der zum Haus der Lippers marschierte. Unterwegs kam ihnen eine Leichenkarre entgegen, die von zwei vermummten Gestalten geschoben wurde. Das Pestglöckchen, das ein voranschreitender Junge läutete, ließ keinen Zweifel daran, woran die in einem Laken verschnürte Kreatur, die auf der Karre lag, verstorben war.

Pater Martin segnete das Bündel und murmelte ein Gebet.

„Das ist schon die sechste Tote", sagte Schmitz grimmig, „und es nimmt kein Ende."

„Die Erde ist ein Jammertal, und Gottes Ratschlüsse sind unergründlich."

„Wem sagt Ihr das, Pater?" erwiderte Schmitz. „Das Elend hier unten kennen wir. Hoffentlich wird es nach dem Tod besser."

„Alles Leid und alle Qual haben einen Sinn. Vertraut Christi Worten!"

„Hegt Ihr daran nie einen Zweifel, Pater?"

„Doch, natürlich. Auch die Apostel zweifelten an der Auferstehung Jesu, wie Ihr wißt. Doch Zweifel sind dazu da, im Glauben überwunden zu werden."

„Mir wäre es lieber, es würde mal einer zurückkommen und mir bestätigen, daß es ein Paradies gibt."

Die Lippers wohnten in der Bakenstraße, südlich des Dümmers. Sie verdienten ihren Lebensunterhalt mit Böttcherarbeiten, und Ketteler erinnerte sich, daß einer der lipperschen Söhne bereits gerichtsnotorisch geworden war, weil er versucht hatte, mehrere hölzerne Milchbecken durch das Ludgeritor zu schmuggeln, um sie auf dem münsterschen Markt zu verkaufen. Die münsterschen Gilden sahen die Konkurrenz der nicht zunftgebundenen ländlichen Handwerker mit Unbehagen und achteten streng auf die Einhaltung der städtischen Zunftordnung.

„Das ist es", sagte der ältere Botmeister und zeigte auf ein strohgedecktes Fachwerkhaus.

Vor dem Haus spielten Kinder auf der Straße, und die Haustür stand weit offen. Als die Kinder die Polizisten sahen, rannten sie schreiend ins Innere. Kurz darauf wurde die Haustür verrammelt.

Der Freigraf hob seine behandschuhte Faust und pochte gegen die Tür. „Ich bin Bernd Ketteler, der Freigraf der Stadt Münster und Richter von Senden. Öffnet die Tür! Ich will mit euch reden."

Eine Weile geschah nichts, dann wurde im oberen Stockwerk ein Fenster geöffnet und ein älterer Mann streckte seinen von einem zerzausten Haarschopf umkränzten Kopf heraus. „Wir haben uns nichts zuschulden kommen lassen, Freigraf. Laßt uns in Ruhe! Meine Frau ist an der Pest gestorben, und drei weitere Kranke liegen hier im Haus. Das Schicksal hat uns übel genug mitgespielt. Wir brauchen keinen zusätzlichen Ärger."

„Komm herunter und stell dich mir von Angesicht zu Angesicht gegenüber, wenn du ein Mann bist!" brüllte Ketteler nach oben.

Der Kopf des Alten verschwand. Die beiden Botmeister wichen einen Schritt zurück. Sofort beorderte Ketteler sie mit giftigen Blicken auf ihre Plätze zurück.

„Denkt an meine Worte!" zischte er.

Drei Minuten später öffnete sich die Haustür. Hinter dem Alten wurden zwei kräftige Männer sichtbar, offenbar die berüchtigten lippersschen Söhne. Einer der beiden hatte ein Brecheisen in der Hand.

„Sagt, was Ihr zu sagen habt!" forderte der alte Lippers. Die Streitmacht vor seinem Haus schien ihn nicht einzuschüchtern.

Der Freigraf stemmte seine Fäuste in die Hüften. „Ich verlange, daß ihr euch an die Pestordnung haltet, die der Stadtrat von Münster erlassen hat. Dieses Haus steht unter

Quarantäne. Das heißt, ihr dürft es nur für dringende und lebensnotwendige Geschäfte verlassen. Vor allem die Kinder müssen drinnen bleiben und streng bewacht werden. Und die Erwachsenen haben einen weißen Stock mitzuführen, sobald sie die Schwelle übertreten, damit sich andere von euch fernhalten können."

„Soll ich die Kinder anbinden?" höhnte der Alte. „Hier sind zwölf gesunde Kinder im Haus, nur eins ist von der Seuche erwischt worden. Die sind unruhiger als ein Haufen Mücken."

„Notfalls mußt du sie eben anbinden", sagte Ketteler barsch. „Meine Geduld ist am Ende. Wollt ihr euch nun an meine Anweisungen halten oder nicht?"

Der mit dem Brecheisen Bewaffnete schwang die Eisenstange wie eine Keule. „Ihr habt uns überhaupt nichts zu sagen. Wir sind ehrbare Bürger und lassen uns nicht einsperren."

„Du willst mir drohen?" Der Freigraf zog seine Pistole. Was glaubst du, wen du vor dir hast, Bursche?"

„Nehmt doch Vernunft an, Leute!" Pater Martin war neben Ketteler getreten und redete beschwichtigend auf die Lippers ein. „Die Pest ist eine ansteckende Krankheit. Was der Freigraf von euch verlangt, dient dem Schutz eurer Mitbürger. Soll das halbe Dorf von der Seuche dahingerafft werden?"

„Unser Haus ist nicht das einzige, in dem die Pest wütet", sagte der zweite Sohn. „Was ist mit den anderen Kranken? Und überhaupt, wenn die Pest so ansteckend wäre, wie Ihr behauptet, warum sind wir dann nicht schon alle längst tot?"

„Zum Glück befällt die Seuche nicht jeden", antwortete Martin. „Und selbstverständlich gelten die Anweisungen des Stadtrats für alle Kranken."

„Die Juden sind an allem schuld", meldete sich der Brechstangenträger. „Die Juden haben die Brunnen vergiftet."

„Du redest Unsinn." Jetzt wurde auch der Jesuit wütend. „Die Pest ist von Kaufleuten aus Asien eingeschleppt worden. Seit Jahrhunderten tritt sie regelmäßig ihren Todeszug durch Europa an. Die Juden haben damit nichts zu tun."

Der alte Lippers feixte. „Ein Pfaffe, der die Juden verteidigt. Wo gibt's denn sowas?"

„Schluß mit der Diskussion!" entschied Ketteler mit lauter Stimme. „Ich frage euch zum letzten Mal: Akzeptiert ihr die Pestordnung?"

„Und wenn nicht?" erkundigte sich der Alte mit kaltem Lächeln.

„Dann lasse ich Türen und Fenster von außen zumauern. Und meine Botmeister schießen auf jeden, der es wagt, die Steine zu entfernen."

„Du großmäuliger Dickwanst!" Das Brecheisen flog hoch.

Die Pistole entlud sich krachend. Allerdings hatte Ketteler den Lauf nach oben gerichtet, und die abgefeuerte Kugel fraß sich qualmend in die Holzdecke.

„Beim nächsten Schuß ziele ich tiefer."

Der Alte zog seinen Sohn ins Haus zurück.

Und der Freigraf machte seine Drohung wahr. Zuerst verspotteten die Lippers die Männer, die Ziegelsteine heranschleppten und anfingen, Türen und Fenstern des unteren Stockwerks in Mauern zu verwandeln. Dann baten sie um Gnade und versprachen, sich an alle Anweisungen zu halten. Aber Ketteler war unerbittlich. Lediglich ein schmaler Spalt in einer der neuen Wände, groß genug, um Wasser und Brot hindurchzuschieben, blieb offen.

Nachdem ihnen Berendt Schmitz die Zusicherung gegeben hatte, die Lippers täglich mit dem Lebensnotwendigen zu versorgen, machten sich der Freigraf und Pater Martin auf den Rückweg nach Münster.

# Siebzehntes Kapitel

In der Schänke *Zum wilden Mann* hatte sich seit ihrem letzten Besuch nicht viel verändert. Auf dem Boden lag dasselbe dreckige Stroh, die Zecher hatten die gleichen stumpfen Gesichter, und in den Ecken raschelten die Ratten. Vielleicht waren es ein paar Ratten mehr geworden.

Was für ein Saustall, dachte Ketteler erneut. Ich muß mit den Richtherren darüber sprechen. Sie sollen Wißman die Lizenz entziehen und einen Kammerjäger herschicken, der das Loch ausräuchert.

Nur am Wirt selbst war eine Veränderung unübersehbar. Zwar wirkten seine Frisur und seine Kleidung um keinen Deut gepflegter, doch auf seiner rechten Gesichtshälfte prangte ein großer, blauschillernder Bluterguß.

„Na, Wißman", brummte der Freigraf nicht unfreundlich, „wer hat dich so übel zugerichtet?"

Der Wirt senkte den Blick. „Niemand. Ich bin die Treppe hinuntergefallen."

„Und deine Knochen sind heilgeblieben?"

„Ja, zum Glück."

„Laß mal sehen!" Ketteler streckte seine Hand aus und drückte Wißmans Kopf nach oben. „Sieht mir mehr aus wie ein kräftiger Faustschlag. Was meint Ihr, Pater?"

„Ihr habt recht, Freigraf. Man kann beinahe die einzelnen Finger erkennen."

Es war Martins Idee gewesen, den Wirt aufzusuchen. Auf dem Ritt zurück nach Münster, bei dem sie von Jagdgesellschaften und schwarzen Reitern unbehelligt geblieben waren, hatten sie weiter nach dem roten Faden gesucht, der die drei Morde an Navarrete, Catharina und Eickhaus verband. Und da war der Jesuit auf den Gedanken gekommen, daß es vielleicht auch eine Beziehung zwischen Eickhaus und der Hure gegeben hatte.

„Ihr irrt Euch.“ Wißmans Stimme wurde schrill.

„Du hast uns schon einmal einen Bären aufgebunden.“ Ketteler ließ die anfangs an den Tag gelegte Freundlichkeit fahren. Mit seiner Statur und den herrischen Gesten ähnelte er einem Fürsten, der seinen Leibeigenen zur Rechenschaft zog. „Bis jetzt habe ich dir deine Flunkereien durchgehen lassen. Aber irgendwann geht meine Großzügigkeit zur Neige.“

„Kanntest du den Kramermeister Eickhaus?“ wandte sich Martin an den Wirt.

Wißman zuckte zusammen. „Nein, nein, damit habe ich nichts zu schaffen.“

„Womit?“

„Mit dem Mord an Eickhaus.“

Der Freigraf grunzte. „Das hat auch niemand angenommen. Der Mörder von Eickhaus gehörte zu den Zuschauern des Friedensballetts im Rathaus. Dort hätte man dich gar nicht hineingelassen. Die Frage lautete anders: Kam der Kramermeister gelegentlich hierher, in deine Schänke?“

„Ich ... nein.“

„Komisch.“ Ketteler zwinkerte Martin zu. „Dann müssen zwei Zeugen gelogen haben. Beide sind bereit, unter Eid auszusagen, daß sie Eickhaus hier gesehen haben.“

„Das ist nicht wahr“, begehrte Wißman auf. „Die können ihn nicht gesehen haben.“

„Und warum nicht?“

„Eickhaus kam immer durch die Hintertür.“

„Aha.“ Der Freigraf grinste selbstgefällig.

Zu spät merkte der Wirt, daß er auf einen plumpen Trick

hereingefallen war. „Verschont mich, Herr Freigraf! Die bringen mich um."

„Wer?"

Wißman schaute sich fahrig um.

„Los! Da rein!" Ketteler schob den Verängstigten vor sich her, vorbei an einem schweren Vorhang, hinter dem sich die Küche der Wirtschaft verbarg. Eine Frau, wahrscheinlich Wißmans Eheweib, blickte erschrocken von den Töpfen auf, mit denen sie hantierte.

„Geh nach oben, Clara!" sagte Wißman kraftlos.

Nachdem die Frau verschwunden war, pflanzte der Freigraf sein ausladendes Hinterteil auf den Küchentisch. „So, jetzt sind wir ungestört. Nutze deine Chance, der Tortur zu entkommen! Der letzte Bursche, der nicht reden wollte, hat gesungen wie ein Vögelchen, noch bevor der Scharfrichter den Bock, die Spanischen Stiefel und die Rute an ihm ausprobieren konnte."

Wißman gab sich geschlagen. „Eickhaus war hier", erzählte er mit heiserer Stimme, „an demselben Abend, an dem Catharina mit dem Spanier geturtelt hat."

Aufgeregt fragte Martin: „Sind die beiden in Streit geraten, ich meine, Eickhaus und der Spanier?"

„Nein. Eickhaus kam ja erst später, als der Spanier schon weg war."

„Ach so." Der Jesuit war enttäuscht. Für einen Moment hatte er geglaubt, die Lösung des Rätsels gefunden zu haben. „Und dann?"

„Catharina ist auch mit Eickhaus nach oben gegangen."

„Rede weiter!" kommandierte Ketteler, als der Wirt erneut stockte.

„Mehr kann ich Euch nicht berichten, hohe Herren. Ungefähr nach einer halben Stunde sind die beiden wieder heruntergekommen. Eickhaus hat sich sofort davongemacht,

Catharina ist noch geblieben und hat einen Becher Wein getrunken. Ehrlich. Ich schwöre beim Heiligen Vater und ..."

„Ich erinnere mich gut an deinen letzten Meineid", knurrte der Freigraf.

Wißmann fuhr erschrocken zusammen. „Aber so war es wirklich."

„Und warum hast du uns nicht von Anfang an die Wahrheit gesagt?"

Unbehaglich knetete der Wirt seine Finger. „Eickhaus hat mir fünf Taler extra gezahlt. Dafür mußte ich ihm das Versprechen geben, niemandem gegenüber seinen Namen zu erwähnen."

Ketteler nickte. „Na schön. Aber irgend jemand muß es erfahren haben. Oder ist das da an deiner Wange ein Liebesgruß deiner Frau?"

„Das waren zwei Schläger. Sie tauchten gestern abend auf, gerade als ich die Wirtschaft schließen wollte. Sie haben mich bedroht und geschlagen und gesagt, ich solle ja die Klappe halten, besonders Euch gegenüber. Andernfalls würden sie mir das Lebenslicht ausblasen."

„Hast du sie erkannt?"

„Nein, noch nie gesehen. Aber jetzt ..." Wißman zitterte am ganzen Körper.

„Mach dir nicht in die Hose!" sagte der Freigraf großmütig und hob seinen Hintern vom Küchentisch. „Wir werden deine Aussage vorläufig für uns behalten. Zumindest solange, bis wir die Täter gefaßt haben."

„Bringt uns das irgendwie weiter?" fragte Ketteler zweifelnd, als sie zur Lütgen Gasse ritten, um die Pferde in den Stall zurückzubringen.

„Nun, ich denke, wir müssen unsere Theorie in einem Punkt verändern", antwortete Martin. „Nicht Navarrete hat

Catharina etwas Wichtiges verraten, sondern Eickhaus."

„Und wie haben die Schweine das herausgefunden? Eickhaus hat doch alles getan, um seine Treffen mit Catharina zu verheimlichen."

„Vermutlich mußten sie es gar nicht herausfinden. Ich nehme an, Catharina ist mit ihrem Wissen zu ihnen gekommen."

„Wieso?" fragte der Freigraf begriffsstutzig.

„Um ihr Wissen zu Geld zu machen. Eine kleine Erpressung, versteht Ihr. Und das hat sie das Leben gekostet."

Ketteler pfiff durch die Zähne. „Nicht schlecht, Pater. Das erklärt einiges. Aber warum, in drei Teufels Namen, ist Navarrete ermordet worden?"

Sie waren vor dem Haus des Freigrafen angelangt und stiegen von den Pferden. Martin streichelte Rosis Kopf. „Sie ist wirklich eine rücksichtsvolle Stute." Er gab Ketteler die Zügel. „Was Navarrete angeht, da habe ich auch eine Vermutung. Allerdings muß ich zuerst noch etwas überprüfen."

„Wie lang wird das dauern?"

„Nicht lange. Wenn ich recht habe, bin ich in einer Stunde bei Euch."

Ketteler wußte, daß es keinen Zweck hatte, den Gottesmann zu drängen, wenn dieses geheimnisvolle Lächeln auf seinen Lippen spielte.

Es war inzwischen dunkel geworden, und er sah die beiden Gestalten erst, als es zu spät war. Außerdem hielt er die Zügel der Pferde in den Händen, und die Pistole war in der Satteltasche verstaut. Daß sie es auf sein Leben abgesehen hatten, stand außer Frage.

Der eine Angreifer war ganz in Schwarz gekleidet, vermutlich der Schütze aus dem Wald zwischen Münster und Senden. Der andere trug grobe, leinene Gewänder. Zusammen waren sie sich ihrer Sache sehr sicher. Und damit begingen sie einen Fehler. Denn man durfte den Freigrafen nicht unterschätzen.

In seiner Jugend war Ketteler ein großer Kämpfer gewesen, der so manchen Strauß ausgefochten hatte. Und trotz seiner Leibesfülle und der scheinbaren Unbeweglichkeit verfügte er noch immer über Bärenkräfte, die er gezielt einzusetzen wußte.

Statt ihn hinterrücks umzubringen, was ihnen zweifellos gelungen wäre, machten sie sich einen Spaß daraus, ihr Opfer zu verhöhnen.

„Na, Dickwanst, damit hast du wohl nicht gerechnet, wie?"

Der Freigraf hatte seine Überraschung überwunden. „Um ehrlich zu sein: Ich habe mich gefragt, was hier so nach Scheiße riecht."

„Hola!" Ein Dolch blitzte auf. „Er wird auch noch frech."

„Bringen wir es hinter uns!" sagte der Mann in Schwarz.

Ketteler ließ die Zügel fallen und schob den Rock zur Seite, damit er an das Messer in seinem Gürtel herankam.

Doch nun hatte es der Grobleinene, der den Dolch schwang, plötzlich eilig. Mit lautem Gebrüll stürzte er sich auf den Freigrafen. Diesem gelang es gerade noch, einen halben Schritt zur Seite zu treten und den rechten Arm hochzureißen. Der Hieb, der seiner Brust gegolten hatte, wurde abgelenkt. Allerdings hinterließ die Klinge einen heißen Schmerz im Unterarm. Ketteler beachtete die Wunde nicht. Mit beiden Händen packte er den verblüfften Angreifer und schleuderte ihn gegen die Stallwand. Dadurch verlor er für einen Moment den zweiten Mann aus den Augen. Als er sich anschließend umblickte, glaubte er, der Schwarze habe sich aus dem Staub gemacht. Die Freude über den schnellen Sieg währte indes nur kurz. Etwas raschelte hinter seinem Rücken, und dann legte sich auch schon die Schlinge um seinen Hals.

Ein unerfahrener Mann hätte versucht, an der Schlinge zu ziehen. Ketteler wußte, daß das zwecklos war. Mit dem verletzten Arm riß er das Messer aus dem Gürtel und stach blindlings nach hinten. Ein Aufschrei zeigte an, daß er getroffen hatte. Die Schlinge lockerte sich ein wenig, aber nicht genug, um Luft zu bekommen. War das das Ende?

Der Freigraf wankte. Er spürte, wie seine Kräfte schwanden. Noch einmal warf er den Arm nach hinten, die Klinge bohrte sich in Fleisch, blieb stecken. Und dann, endlich, wurde das Seil am Hals schlaff. Kalte Luft schoß in seine Lunge. Röchelnd taumelte er zur Seite.

Der Schwarze floh verletzt. Der Grobleinene, der sich inzwischen aufgerappelt hatte, zögerte. Schließlich siegte die Angst, und er rannte seinem Kumpan hinterher.

„Herr!" Johan eilte mit einer Fackel herbei. „Was ist geschehen? Wir hörten Schreie. Wer waren diese Männer?"

„Schweinehunde", gurgelte Ketteler. „Die wollten mich in die Hölle schicken."

„Nein! Ihr seid ja verletzt!" Im Schein der Fackel glänzte der sich rasch vergrößernde Blutfleck am rechten Ärmel.

„Das ist nichts." Der Freigraf knickte ein und sank auf die Knie.

Johan zog ihn wieder hoch und schleppte seinen Herrn ins Haus. Drinnen herrschte große Aufregung. Die beiden kleinen Söhne und die Köchin veranstalteten ein großes Wehgeschrei. Elisabeth schickte alle drei in die Küche und bestand darauf, daß sich ihr Gemahl auf das Bett am Kamin legte.

„Es ist doch nur ein Kratzer", widersprach Ketteler. „Alles, was ich brauche, ist ein Becher Wein."

Aber Elisabeth blieb unnachgiebig, und ihr Mann wußte, wann er sich fügen mußte. Sie band den Arm ab und versorgte notdürftig die Wunde. Johan war schon unterwegs zu Doktor Rottendorff.

Der Freigraf schloß die Augen und genoß das Gefühl, unter den Lebenden zu weilen. Es hatte nicht viel daran gefehlt, daß er mit dem Schnitter ins Reich des Todes gegangen wäre. Und was ihn dort erwartete, darüber wollte er lieber nicht nachdenken.

Ein Körper, kaum fleischiger als der Knochenmann, preßte sich an seine Brust. Ketteler schrak zusammen.

„Vater! Ich danke Gott, daß du lebst."

„Anna!" Tränen der Rührung traten in seine Augen.

„Ich war so eigensüchtig. Ich habe immer nur an mich gedacht. Wie konnte ich nur so vermessen sein zu glauben, daß andere keine Nöte und Sorgen haben? Jetzt weiß ich, wie wichtig du mir bist."

„Ach was." Er streichelte ihren mageren Hals. „Das ist ganz natürlich. In deinem Alter war ich genauso."

„Nein." Das kleine Gesicht verzog sich zu einem Lächeln. „Ich bin schlimmer. Darf ich offen zu dir reden?"

„Ja. Aber gedulde dich noch eine Weile! Ich muß zuerst ein paar Dinge ordnen, die über Leben und Tod entscheiden."

Als Johan und Doktor Rottendorff erschienen, schickte der Freigraf den Diener mit dem Auftrag zu Bürgermeister Timmerscheidt, diesen unverzüglich herbeizuholen.

Unterdessen stillte der Arzt den Blutfluß, legte Tücher und Tinkturen auf, bevor er den verletzten Arm mit einem dicken Verband fest umwickelte.

Kurz darauf betrat ein besorgt aussehender Bürgermeister die Diele. Mit Johans Hilfe stieg Ketteler die Stufen zur Stube hinauf. Dort, hinter verschlossenen Türen, redete er über eine Stunde lang mit Timmerscheidt.

Als sich der Bürgermeister verabschiedete, wartete bereits Pater Martin. Auch er machte ein bekümmertes Gesicht.

„Warum gucken alle, als sei ich dem Tode geweiht?" beschwerte sich der Freigraf. „Ich habe nur einen kleinen Schnitt abbekommen."

„Zum Glück. Es hätte schlimmer ausgehen können."

„Das hätte es. Was habt Ihr bei Euren Nachforschungen herausgefunden, Pater?"

Martin erzählte es ihm. Am Ende lachte Ketteler lauthals. „Und da haben wir uns die ganze Zeit den Kopf zerbrochen. Dabei war die Lösung doch so einfach."

„Schon." Martin ließ sich von der Fröhlichkeit seines schwergewichtigen Freundes anstecken. „Aber unnütz waren unsere Gedanken nicht, wie Ihr zugeben müßt. Hätten wir sonst den Grund für die beiden anderen Morde finden können?"

Es wurde still im Haus. Mit einem Becher Wein in der Hand suchte Ketteler Anna. Er fand sie angekleidet in der Upkammer, in die Lektüre eines Buches versunken.

„Nun, Tochter, du willst mit mir reden?"

„Ja, Vater." Sie legte das Buch zur Seite. „Das Gespräch mit Pater Martin neulich hat mir sehr geholfen. Er hat gesagt, daß ich mit mir selbst ins reine kommen müsse. Daß ich meine Gefühle prüfen solle, um zu einer Entscheidung zu gelangen, hinter der ich mit ganzem Herzen stehen kann. Das habe ich getan."

„Das freut mich." Der Freigraf nickte aufmunternd.

Anna seufzte. „Ich dachte, es sei meine Pflicht, Sebastian Krondrup zu heiraten. Mutter und du, ihr beide habt euch so für Sebastian erwärmt. Und ich verstehe auch, daß ihr mich gut versorgen wollt. Krondrups Familie in Osnabrück ist vermögend. Ich würde mir keine Sorgen um die Zukunft machen müssen."

„Das stimmt", bestätigte Ketteler.

„Daß ich ihn nicht liebe, schien mir nicht so wichtig."

Ketteler verschluckte sich am Wein. „Du liebst ihn nicht?"

„Nein. Aber auch einige meiner älteren Freundinnen haben Männer geheiratet, die sie nicht lieben. Zuneigung, ja sogar Liebe könne im Laufe der Jahre entstehen, sagen sie."

„Wie wahr." Ketteler verrieb den Wein auf seinem Wams.

„Doch was auf andere zutrifft, muß nicht für mich gelten. Sie vermögen besser mit ihren Gefühlen umzugehen als ich." Annas Stimme wurde klarer und kräftiger. „Ich habe mich entschieden: Ich will Sebastian nicht heiraten."

„Was?"

„Ich glaube, ich habe mich so sehr gegen diese Verbindung gesträubt, daß ich krank wurde. Lieber gehe ich in ein Kloster, als daß ich einen solch eitlen Gecken und Wichtigtuer eheliche."

„Das darf doch nicht ..." Der Freigraf lehnte sich zurück und schnaufte. Die Wunde am Arm sandte einen pochenden Schmerz aus.

„Vater, ist dir nicht gut?"

„Ein kleiner Stich, nichts weiter." Er öffnete die Augen und lächelte. „Wir werden dich zu nichts zwingen, Anna. Es kommt der Tag, an dem dir der Richtige begegnet. Mach dir keine Sorgen! Sobald meine Arbeit mir dazu die Gelegenheit läßt, werde ich nach Osnabrück reiten und den Krondrups mitteilen, daß wir von der Verlobung Abstand nehmen."

„Danke, Vater."

„Und, bitte, geh nicht ins Kloster, Anna! Mir reicht Pater Martin als geistiger Beistand."

# Achtzehntes Kapitel

Der Aldermann Evert Klünne trat herrisch und ohne jede Spur von Schuldbewußtsein auf. Es sei eine Frechheit, ihn wie einen Verbrecher herbeizuzitieren. Er müsse dies als eine Beleidigung seines Amtes und Affront gegen die Gilden insgesamt ansehen. Zudem hätten Botmeister in den frühen Morgenstunden, auf Anweisung des Freigrafen Ketteler, seine Werkstatt durchsucht. Ketteler, der ihm bereits seit geraumer Zeit nachstelle und ihn mit unsinnigen Verdächtigungen traktiere, habe damit das Maß endgültig voll gemacht. Er, Klünne, verlange umgehend die Absetzung des Freigrafen. Sollten sich die Herren Stadträte weigern, würden sie den geballten Mißmut der Gilden zu spüren bekommen.

Bürgermeister Timmerscheidt lauschte den Anwürfen des Aldermanns mit steinerner Miene. Dann blickte er sich in dem kleinen Kreis um, der sich in der Ratskammer eingefunden hatte. Der zweite Bürgermeister, Plönies, schaute abwartend an die Decke. Die beiden Richtherren Everding und Tompütte, die von Ketteler nicht eingeweiht worden waren, verhielten sich, ihrer politischen Einstellung und ihrem Temperament gemäß, unterschiedlich. Der gutmütige Everding machte ein halb skeptisches, halb belustigtes Gesicht. Tompütte stand mit hochrotem Kopf an der Seite von Klünne und schoß wütende Blicke auf Ketteler ab, der seinen verletzten Arm in einer Schlinge trug und so treuherzig dreinblickte, als könne er kein Wässerchen trüben.

„Ich kann dem Aldermann nur beipflichten", polterte

Tompütte los. „Der Freigraf hat seine Kompetenzen eindeutig überschritten. Zumindest hätte er sich bei mir oder beim Richtherrn Everding die Erlaubnis einholen müssen. Die ich ihm zweifellos verweigert hätte", fügte er hinzu.

„Der Freigraf hat die Durchsuchung mit mir abgesprochen", sagte Timmerscheidt kühl.

Betretenes Schweigen in der Runde.

„Das wird Euch teuer zu stehen kommen", keuchte Klünne.

„Und was ist bei der Durchsuchung herausgekommen?" schnappte Tompütte.

„Nichts", antwortete Ketteler gelassen.

„Na also", höhnte der Richtherr. „Der Freigraf führt eine Privatfehde gegen den hochgeschätzten Aldermann, und ..."

Ketteler schnitt ihm das Wort ab: „Meine Botmeister waren auf der Suche nach zwei Mordbuben, die es gestern abend auf mein Leben abgesehen hatten. Um ein Haar wäre ihnen dieses Vorhaben auch geglückt."

„Und was habe ich damit zu tun?" begehrte Klünne auf.

„Einer der beiden hat mich mit seinem Messer verletzt", fuhr Ketteler mit ruhiger Stimme fort. „Dabei stand er so dicht vor mir, daß ich sein Gesicht erkennen konnte. Es handelt sich um Christoph Niehues, ein Geselle, der in der Werkstatt von Aldermann Klünne arbeitet."

„Na und?" übertönte Klünne das aufkommende Raunen. „Wenn es so ist, wie Ihr sagt, dann gehört Niehues bestraft. Aber ich lehne jede Verantwortung dafür ab."

„In der Wohnung von Niehues haben die Botmeister auch den zweiten Mann gefunden, einen gedungenen Mörder, der mich bereits gestern morgen, als ich von Münster nach Senden ritt, mit einer Gewehrkugel knapp verfehlt hat. Dieser Mann ist schwer verletzt und wird bald sterben." Der Freigraf lächelte grimmig. „Sein Fehler war, daß er mich für einen wehrlosen alten Mann gehalten hat. Doch man darf mich nicht unterschätzen. Ich bin weder ein Schwächling, Herr Aldermann, noch ein Trottel, was Ihr offenbar annehmt."

Klünne kaute an einem Widerwort, schluckte es aber hinunter.

„Um sein Gewissen zu erleichtern, hat der Schurke ein Geständnis abgelegt. Im Angesicht des Todes hat er Klünne belastet."

Ketteler machte eine Pause. Im Ratssaal herrschte eine gespenstische Stille.

„Nun werdet Ihr Euch sicher fragen, hohe Herren, warum ich beseitigt werden sollte, und welcher Zusammenhang zu den drei Morden besteht, die ich aufzuklären die Ehre habe. Gestattet mir, daß ich ein wenig ausghole." Mit seiner gesunden linken Hand strich sich Ketteler durch den Bart. „Genau hier an dieser Stelle, vor nicht einmal zwei Tagen, ist der Kramermeister Eickhaus einem heimtückischen Giftanschlag zum Opfer gefallen. Wir alle wissen, daß sich das Gift im Konfekt befunden haben muß. Doch ebenso sicher ist, daß nur das Praliné, das Meister Eickhaus gegessen hat, mit weißem Arsen gefüllt war. Denn anderenfalls hätte die Süßigkeit Münster seines Stadtrates und der gesamten Obrigkeit beraubt, von unseren französischen Gästen ganz zu schweigen. Nehmen wir also für den Augenblick an, daß der Giftmischer nicht wahllos töten wollte, sondern es gezielt auf Eickhaus abgesehen hatte. Dann stellt sich die Frage, wer das vergiftete Praliné mitgebracht und es Eickhaus zugespielt hat. Der Apotheker Werneking, der das Konfekt für das Friedensballett hergestellt hat, erinnert sich, daß er zuletzt eine Portion im Auftrag der Kramergilde fabriziert hat, ein Geburtstagsgeschenk, das ausgerechnet Meister Eickhaus überreicht wurde. Natürlich hat Eickhaus die Gabe nicht allein verzehrt, sondern sie auf seiner Geburtstagsfeier herumgereicht. Bei dieser Feier waren auch Aldermann Klünne und Richtherr Tompütte anwesend."

„Das ist ja ungeheuerlich, was Ihr da andeutet", empörte sich Tompütte.

„Eine schlichte Feststellung, Richtherr. Ich habe mich heute morgen bei der Witwe Eickhaus danach erkundigt. Bemerkenswerter ist die Tatsache, daß Ihr der Letzte wart, der sich vor dessen Tod mit Eickhaus unterhalten hat."

„Worauf wollt Ihr eigentlich hinaus, Freigraf?" fragte Bürgermeister Plönies.

„Nun, Pater Martin und ich ...", Ketteler drehte sich kurz zu Martin um, der sich ganz bescheiden im Hintergrund hielt, „... haben uns lange die Köpfe darüber zerbrochen, für wen Eickhaus wohl eine Gefahr darstellte. Schließlich – das muß ich unumwunden zugeben – kam mein geistlicher Berater auf die entscheidende Idee, daß wir die ganze Zeit einer falschen Fährte nachgelaufen waren. Bis zu diesem Zeitpunkt waren wir nämlich davon ausgegangen, daß die Verbindung zwischen dem Spanier Navarrete und der Hure Catharina beider Tod bewirkt habe, daß so unsere Annahme Navarrete Catharina ein Geheimnis verraten habe, welches ihm einen Armbrustpfeil auf dem Domplatz einbrachte und sie ins nasse Grab führte. Tatsächlich aber war das vom Spanier gekaufte Liebesabenteuer in der Schänke *Zum wilden Mann* völlig unwichtig, ein anderer Beischlaf dagegen von viel größerer Bedeutung. Auch Meister Eickhaus hatte ein Tête-à-Tête mit der Hure, am selben Abend und *nach* dem Spanier."

Ein erneutes Raunen ging durch den Kreis der versammelten Männer.

„Nicht Navarrete hat Catharina an seinem Geheimwissen teilhaben lassen", fuhr Ketteler fort, „sondern Meister Eickhaus. Und die Hure hatte nichts Besseres zu tun, als sofort ihre neuen Kenntnisse zu Geld zu machen. Sie versuchte es jedenfalls, den Erfolg kennt Ihr."

„Von welchem Geheimnis redet Ihr?" Plönies wurde ungeduldig. „Kommt endlich zur Sache, Freigraf!"

„Sofort, Herr Bürgermeister. Wenngleich auch diese Angelegenheit der Vorrede bedarf."

„Ich habe das Gefühl, der Freigraf redet um den heißen Brei herum", meldete sich Richtherr Everding. „Wenn es um Anwürfe gegen Anwesende geht, dann duldet die Sache keinen längeren Aufschub." Everding blickte zu Klünne und Tompütte, die steif und mit starren Gesichtern der Rede des Freigrafen folgten.

„Wohl wahr", gab Ketteler zu. „Jedoch möchte ich mich nicht dem Vorwurf aussetzen, ich würde unbewiesene Behauptungen ausstoßen. Deshalb fasse ich noch einmal alle Indizien zusammen, die wir gesammelt haben. Erstens: Der Tagelöhner Kottman wird von einem Unbekannten beauftragt, die Hure Catharina zu töten und ihren Leichnam im Diebeskäfig am Mauritztor zu verstecken. Kottman glaubt, die Stimme des Aldermannes Klünne als die des Auftraggebers erkannt zu haben. Zweitens: Kramermeister Eickhaus stirbt auf dem Parkett in diesem Saal einen qualvollen Gifttod. Eickhaus, so erzählte uns seine Witwe, wurde in letzter Zeit durch viele nächtliche Gildensitzungen in Anspruch genommen, von denen er unruhig und mit inneren Zweifeln behaftet zurückkam. Offensichtlich war Eickhaus in eine Verschwörung eingeweiht, mit der er sich nicht einverstanden erklären konnte. Doch anstatt sich an die zuständigen Behörden, den Stadtrat oder meine Wenigkeit, zu wenden, schüttet er sein Herz ausgerechnet auf dem Liebeslager aus, das er mit einer Hure teilt."

„Wo bleiben die Beweise, Freigraf?" meckerte Tompütte. „Was Ihr uns auftischt, ist eine reine Fabel."

Ketteler ging nicht darauf ein. „Drittens: Ich werde von einem Gesellen des Aldermannes Klünne angegriffen und verletzt. Der zweite Täter gesteht, daß er von Klünne für den Mord an mich gedungen wurde."

„Das ist nicht wahr", schrie Klünne.

„Wovor hat der Aldermann Angst?" übertönte der Freigraf den Protest. „Welchem Komplott bin ich so nahe gekommen, daß man auch mich beseitigen wollte?"

„Sagt es uns!" befahl Bürgermeister Plönies unwirsch.

Ketteler schaute Klünne direkt in die Augen. „Ich habe heute morgen noch ein weiteres Gespräch geführt, mit dem holländischen Gesandten Adrian Pauw. Pauw war sehr ungehalten, als ich ihm von Euren Verfehlungen berichtete. Er hat mir versichert, daß er jeglichen Kontakt zu den Gilden abbrechen wird. Die Niederländer stehen zwar nach wie vor zu ihrem Angebot, doch ab jetzt sind sie nur noch bereit, mit dem Stadtrat oder dessen ermächtigte Vertreter zu verhandeln."

Das war ein Schuß ins Blaue, Ketteler hatte weder mit Pauw noch mit einem anderen niederländischen Gesandten geredet. Und tatsächlich war er sich seiner Sache keineswegs so sicher, wie sein selbstbewußtes Auftreten vermuten ließ.

„Ihr lügt", brüllte Klünne. „Die Generalstaaten können gar nicht mit dem Stadtrat verhandeln. Worüber denn, wenn ich fragen darf? Der Stadtrat in seiner Mehrheit, mein Freund Tompütte natürlich ausgenommen, steht doch schon mit einem Bein im Lager des Kurfürsten und des Kaisers. Stück um Stück werden die alten und traditionellen Rechte der freien Stadt Münster aufgegeben. Man muß sich nur ansehen, wie der Stadtrat die papistischen Jesuiten hofiert, die in der von ihnen übernommenen Domschule die Jugend gegen die eigenen Eltern aufstachelt. Nein, vom Stadtrat ist nichts zu erwarten. Nur die Gilden vertreten noch die Sache des

Volkes. Aber wir werden dafür sorgen, daß bei der nächsten Stadtratswahl die richtigen Männer gewählt werden, Männer, die dem Fürstbischof die Stirn bieten und sich für eine wahre Unabhängigkeit Münsters einsetzen."

Wie der Freigraf gehofft hatte, redete sich der Aldermann in Rage und vergaß alle Vorsicht.

„Was habt Ihr denn mit den Vertretern der Generalstaaten vereinbart?" fragte Bürgermeister Timmerscheidt lauernd.

„Wir haben darüber gesprochen, was an dem nicht allzu fernen Tag geschehen wird, an dem Tompütte und ich auf den Bürgermeistersesseln sitzen. Selbstverständlich halten sich die Generalstaaten im Moment zurück. Zunächst wollen sie den Frieden mit Spanien unterzeichnen, der ihre staatliche Souveränität garantiert. Aber der Ratspensionär ist bereit, wohlwollend über meine Vorschläge nachzudenken."

„Worin genau bestehen Eure Pläne?"

„Münster in ein Bündnis mit den Generalstaaten zu führen. Lieber gebe ich den Generalstaaten die ganze Hand als dem Fürsten einen Finger. Nur im Verbund mit den reformierten Niederlanden kann Münster zu neuer Blüte gelangen."

„Und Ihr glaubt, daß der Kurfürst und der Kaiser sich dies aus der Ferne anschauen werden? Was Ihr heraufbeschwört, Klünne, ist nicht mehr und nicht weniger als ein offener Krieg."

Bevor die Diskussion endgültig zu einer politischen wurde, hakte Ketteler schnell ein: „Und Meister Eickhaus stand Euch wohl im Wege, wie?"

„Eickhaus war ein Hasenfuß", gab Klünne patzig zurück.

„Und deshalb mußte er beseitigt werden?"

Der Aldermann schwieg. Zu spät begriff er, daß er dem Freigrafen auf den Leim gegangen war.

Ketteler klatschte in die Hände. Die Tür zur Ratskammer

öffnete sich, und sechs Botmeister traten herein.

„Ihr seid ein Mörder, Klünne. Und dafür erhaltet Ihr die gerechte Strafe."

„Das werdet Ihr nicht wagen. Die Gilden stehen hinter mir. Es gibt einen Aufruhr in der Stadt, das verspreche ich Euch."

„Den wird es nicht geben", sagte Bürgermeister Timmerscheidt. „Ich habe den Stadtkommandanten de Reumont informiert, und er hat seine Truppen in Alarmbereitschaft versetzt. Doch in Anbetracht Eures Amtes lasse ich Euch die Wahl: Entweder Ihr unterzieht Euch einem Gerichtsprozeß, oder Ihr verlaßt die Stadt innerhalb von vierundzwanzig Stunden. Das Gleiche gilt für den Richtherrn Tompütte."

Klünne und Tompütte sahen sich an.

„Das werdet Ihr bereuen", knirschte Klünne.

„Vielleicht", antwortete Timmerscheidt gleichmütig.

„Nun gut, wir gehen. Aber eines Tages werden wir zurückkommen."

Nachdem die beiden Männer, eskortiert von den Botmeistern, die Ratskammer verlassen hatten, schüttelten die Verbliebenen ihre Überraschung ab.

„Teufelsschlag", murmelte Richtherr Everding, „das hätte ich dem Tompütte nicht zugetraut."

„Was ich immer noch nicht verstehe", wandte sich Bürgermeister Plönies an den Freigrafen, „wer hat denn nun diesen Spanier, mit dem alles angefangen hat, auf dem Gewissen?"

Ketteler lächelte. „Das wird uns jetzt Pater Martin sagen." Mit einer Handbewegung bat er den Jesuiten nach vorne.

Martin zog einen Armbrustpfeil aus der Tasche und hielt ihn hoch. „Der Zufall hat mich zur Lösung des Rätsels geführt. Diesen Pfeil hier habe ich im Turm des Paulusdomes gefunden. Der Mörder von Señor Navarrete hat ihn verloren, als er auf sein Opfer schoß. Und nun ...", Martin brachte einen weiteren Pfeil zum Vorschein, der dem ersten vollkommen glich, „... betrachtet die verblüffende Ähnlichkeit. Beide Pfeile haben sogar an derselben Stelle eine Einkerbung, wie sie von Jägern gemacht wird, um die eigenen Pfeile zweifelsfrei wiederzuerkennen. Der zweite Pfeil steckte in einer Wildsau, die im Wald zwischen Münster und Senden verendete. Abgeschossen wurde er von einem Teilnehmer einer spanischen Jagdgesellschaft, die eine Herde Wildschweine hetzte. Damit ist eindeutig erwiesen, daß es sich bei dem Mörder von Señor Navarrete um einen Spanier handelt."

Eine Viertelstunde später standen nur noch Bürgermeister Timmerscheidt, der Freigraf und Pater Martin in der Ratskammer.

„Was werdet Ihr jetzt tun?" fragte Timmerscheidt.

„Ich denke, wir werden dem Grafen Peñaranda einen Besuch abstatten", sagte Ketteler. „Alles weitere liegt bei ihm. Der Mord fällt nicht in die Jurisdiktion der Stadt."

„Das ist vernünftig", nickte der Bürgermeister. „Ach übrigens, habt Ihr von der Aussage des Mannes, der Klünne belastet hat, ein Protokoll anfertigen lassen? Ich meine den Kumpan von Niehues, den Ihr mit dem Messer gekitzelt habt. Ich sollte die Aussage zu den Akten nehmen, für alle Fälle. Ansonsten haben wir ja nicht viel gegen Klünne in der Hand."

„Welche Aussage?" fragte Ketteler scheinheilig.

„Ihr sagtet doch, er habe ein Geständnis abgelegt."

„Da müßt Ihr Euch verhört haben. Dummerweise habe ich in der Aufregung ein wenig zu heftig zugestochen. Der Mann war schon tot, als meine Botmeister ihn fanden."

# Neunzehntes Kapitel

Im Audienzsaal des Observantenklosters war es so eisig, daß man den Atem der Anwesenden sehen konnte. Graf Peñaranda schien am meisten unter der Kälte zu leiden. Mit gelblicher Gesichtsfarbe und müden Augen preßte er sich in eine Ecke des erhöhten Baldachinsessels, während er die Hände, nachdem er den Freigrafen und Pater Martin begrüßt hatte, rasch wieder unter der Pelzdecke versteckte, die auf seinen Knien lag.

„Bringt Ihr mir frohe Kunde?" übersetzte der junge Mann an seiner Seite. „Erfahren die gramgebeugte Witwe und die spanische Residenz die Genugtuung, daß der Mörder von Señor Navarrete gefaßt ist?"

Ketteler verbeugte sich. „Ich fürchte, daß die Kunde, die ich Euch bringe, Euch nicht froh stimmen wird, Exzellenz. Und, um ehrlich zu sein, bezweifle ich auch, daß die Witwe von Señor Navarrete tatsächlich so gramerfüllt ist, wie Ihr annehmt."

Peñaranda zog seine dünnen Augenbrauen nach oben. „Wie könnt Ihr es wagen, die Gefühle einer spanischen Edelfrau in Zweifel zu ziehen?"

„Bevor ich Eure Frage beantworte, laßt mich zunächst eine Gegenfrage stellen: Befindet sich in Eurem Gefolge ein ausgezeichneter Armbrustschütze?"

Der Graf tuschelte kurz mit dem Übersetzer.

„Es gibt mehrere gute Armbrustschützen in der spanischen Residenz", meldete der junge Mann.

Ketteler präsentierte die beiden Armbrustpfeile. „Und welcher von ihnen benutzt diese Pfeile?“

Der Übersetzer nahm die Geschosse in Augenschein, erneut folgte eine Unterhaltung im Flüsterton mit dem Grafen.

„Woher habt Ihr die Pfeile?“ fragte Peñaranda.

Der Freigraf erzählte es ihm.

Über eine Minute sagte der Gesandte der spanischen Krone kein Wort, ja, er rührte sich nicht einmal. Wäre nicht hin und wieder eine dünne weiße Atemfahne aus seiner Nase gekommen, die beiden Besucher hätten befürchten müssen, der Graf sei erfroren oder an Herzversagen gestorben.

Endlich öffnete Peñaranda die Augen. Mit kraftloser Stimme sagte er einen einzigen Satz.

Der junge Mann starrte ihn mit offenem Mund an und vergaß das Übersetzen. Pater Martin sprang für ihn ein: „Es handelt sich um Señor de Fonseca.“

Dann beugte sich der Graf zu dem Übersetzer und gab ihm einen Befehl.

Keine zehn Minuten später standen Señor de Fonseca und die Witwe Navarrete im Audienzsaal. Peñaranda bat den Freigrafen, de Fonseca die Pfeile zu zeigen und die Geschichte ihrer Auffindung zu wiederholen.

Nachdem Ketteler geendet hatte, nickte de Fonseca stumm. Señora Navarrete stieß einen Schrei aus, ihre Hände tasteten in dem kahlen Raum nach einem Halt. Pater Martin reagierte als erster, behutsam schob er die Entgeisterte auf einen Stuhl.

In der Zwischenzeit war de Fonseca vor dem Conde auf die Knie gesunken. Mit monotoner, aber fester Stimme legte er ein Geständnis ab.

Flüsternd übersetzte Martin für den Freigrafen: „Er sagt, er habe Navarrete aus Liebe zu der Frau getötet, die er seit langem verehre. Navarrete sei dieser Frau nicht würdig gewesen, immer wieder habe er ihre Ehre verletzt, sie beleidigt und in den Schmutz gezogen. Er, de Fonseca, habe nicht länger mitansehen können, wie sich Navarrete in den Schänken herumgetrieben und sich mit Huren und anderen Frauen vergnügt habe, während die hochwohlgeborene und ehrenwerte Señora die Qualen seiner Launen ertragen mußte."

De Fonseca stockte kurz, dann redete er weiter.

„Er sagt, er lege sein Leben in die Hände des Grafen. Ohne zu murren nehme er jede Strafe auf sich, da er bis zum letzten Atemzug nicht bereuen könne, Navarrete dorthin geschickt zu haben, wo er hingehöre. In die Hölle."

Ketteler und Martin schritten zum Prinzipalmarkt hinauf. Ein Seiltänzer hatte vom Turm der Lambertikirche bis zum Südturm des Paulusdomes ein Seil gespannt. Eine große Volksmenge versammelte sich unter dem Seil und starrte gebannt nach oben.

„Ich bin Euch zu großem Dank verpflichtet, Pater", sagte der Freigraf. „Ich glaube, ohne Euren Rat hätte ich diesen Fall nie gelöst."

„Es war Zufall und Gottes Hilfe", meinte Martin bescheiden. „Und Ihr wißt ja leider nur zu genau, wie gern ich die ausgetretenen Pfade des Paulinums verlasse. Obwohl ich jetzt mit meinen Schülern ein großes Pensum nachzuholen habe. Der Rektor war sehr ungehalten heute morgen ..."

Der Seiltänzer machte den ersten Schritt aufs Seil, die Menge hielt gemeinsam die Luft an.

Ketteler stöhnte. „Und ich muß nach Osnabrück. Den Kondrups klarmachen, daß Anna ihren Sebastian nicht heiraten will. Ein anständiger Mordfall wäre mir lieber."

# Nachbemerkung

In meinem Roman habe ich zwei Ereignisse verbunden, zwischen denen in der münsterschen Geschichte ungefähr zehn Jahre liegen. Zum einen der europäische Friedenskongreß, der von 1643 bis 1649 in Münster und Osnabrück stattfand und mit dem sogenannten „Westfälischen Frieden" endete. Zum anderen Versuche der Stadt, mittels Geheimdiplomatie und einem Bündnis mit den Niederlanden, der direkten Herrschaft des Fürstbischofs zu entgehen. Diese Versuche waren vergeblich, und 1661 untermauerte Fürstbischof Christoph Bernhard von Galen mit der Einnahme Münsters seinen absolutistischen Anspruch.

Zum Friedenskongreß kamen siebenunddreißig ausländische und hundertelf deutsche Gesandte, teilweise mit großem Hof, nach Münster und Osnabrück. Sie verteilten sich gleichmäßig auf beide Städte, wobei fast alle ausländischen Gesandten in Münster residierten.

Den Friedenskongreß darf man sich nicht wie eine UNO-Vollversammlung vorstellen. Die Verhandlungen wurden hauptsächlich bilateral und schriftlich geführt, in Münster moderiert von den beiden Friedensvermittlern, dem päpstlichen Nuntius Fabio Chigi und dem Venetianer Alvise Contarini. Die Gesandten hatten den Status von Botschaftern und konnten keine eigenen Entscheidungen treffen. Immer wieder mußten sie sich bei ihren Regierungen und Herrschern rückversichern, was, wegen der langen Postwege, zu erheblichen Verzögerungen führte. Häufig stritt man auch über Lappalien, wie zum Beispiel Protokollfragen, was den Nuntius

Chigi zu der ironischen Klage veranlaßte, es sei eine wahre Komödie, und er würde gerne allen den Titel Majestät geben, wenn sie sich nur zum Frieden bequemten. Noch im letzten Kongreßjahr kam es zu einer längeren Auseinandersetzung über die Frage, ob die städtischen Vertreter den Vorträgen der kaiserlichen Gesandten sitzend oder stehend, bedeckten oder entblößten Hauptes beizuwohnen hätten. So erklärt sich die Kongreßdauer von beinahe sechs Jahren.

Da die Verhandlungen in den jeweiligen Residenzhöfen stattfanden, gab es keine größere Versammlung von Gesandten. Und nur ein einziges Mal kam es zu einer öffentlichen feierlichen Zeremonie, nämlich als der spanisch-niederländische Friedensvertrag am 15. Mai 1648 in der münsterschen Ratskammer ratifiziert wurde. Aufgrund dieses Ereignisses erhielt die Ratskammer später die Bezeichnung „Friedenssaal".

Für die Dauer des Kongresses war Münster zur neutralen Stadt erklärt worden und damit faktisch unabhängig von der landesherrlichen Gewalt. Die münsterschen Politiker wußten jedoch, daß dieser Zustand bald wieder dem Konflikt mit dem Fürstbischof weichen würde. Im Grunde währte der Machtkampf zwischen Fürstbischöfen und Stadt schon mehr als hundert Jahre. Immer wieder hatten die Fürstbischöfe versucht, Münster ihrem Zugriff zu unterwerfen, und genauso hartnäckig hatte der Stadtrat, unterstützt von den Gilden, die Privilegien der Stadt verteidigt.

Während des Friedenskongresses gab es im Stadtrat die Überlegung, beim Kaiser um die Erhebung in den Rang einer (landesunabhängigen) Reichsstadt nachzusuchen, doch wegen der zu erwartenden hohen Steuern sah man von diesem Plan ab.

Mit der Wahl des Domküsters Christoph Bernhard von

Galen zum neuen Fürstbischof im Jahr 1650 trat die Auseinandersetzung zwischen Bischof und Stadt in ihre entscheidende Phase.

1654 scheiterte ein Versuch von Galens, die Stadt im Handstreich zu erobern. Es folgten Verhandlungen und juristische Dispute, in die auch der Kaiser, das Reichsgericht und Papst Alexander VII (der frühere Nuntius Chigi) eingeschaltet wurden. Die geschlossenen Kompromisse und unterzeichneten Verträge blieben indes nicht lange gültig.

Auch innerhalb der Stadtmauern Münsters war man sich über die einzuschlagende Strategie nicht einig. Während der Stadtrat auf die Vermittlung von Kaiser und Papst hoffte und dabei die katholische Rechtgläubigkeit „vom Scheitel der Bürgermeister (...) bis hin zur Ferse des Handwerkervolkes" betonte, setzten die Gilden auf ein Bündnis mit den (reformierten) niederländischen Generalstaaten.

Im April 1657 reisten der Stadtsyndicus Drachter und der Aldermann Henrich Zur Mühlen zum ersten Mal nach Den Haag. Ohne vom Stadtrat dazu beauftragt zu sein, bat Drachter um die Unterstützung der Niederlande. Nach seinem zweiten Besuch in den Niederlanden (diesmal mit offiziellem Auftrag) ließ von Galen Drachter an der Landesgrenze verhaften. Und im August 1657 startete der Fürstbischof den zweiten Anlauf, seine Landeshauptstadt militärisch zu erobern. Doch trotz des Einsatzes von Artillerie, die im Martiniviertel erhebliche Schäden anrichtete, scheiterte der Bischof am Widerstand der Bürger. Als niederländische Truppen in das Stift einzumarschieren drohten, trat von Galen den taktischen Rückzug an und schloß einen Vergleich mit Münster.

Auch dieser blieb nicht lange bestehen. Inzwischen votierten die Gilden immer offener für einen Anschluß an die Niederlande. Eine gemäßigte Stadtratsfraktion unter den

Bürgermeistern Timmerscheidt und Bünichmann widersetzte sich dem Ansinnen und sah in einer Verhandlungslösung die größere Chance, die Unabhängigkeit Münsters zu wahren.

Als der Aldermann Walter Klute im März 1658 heimlich in die Niederlande reiste, kam es zum offenen Eklat. Die Meisterleute der Gilden zwangen den Stadtrat, Klute nachträglich zum Deputierten zu ernennen.

Der gleiche Vorgang wiederholte sich im September 1659. Diesmal ließ Klute verlauten, die Mehrheit der Münsteraner hätte sich bereits dem reformierten Bekenntnis angeschlossen, was maßlos übertrieben war. Die Niederländer reagierten mit freundlicher Aufgeschlossenheit, vermieden jedoch bindende Zusagen. Offenbar fürchteten sie einen kriegerischen Konflikt mit Fürstbischof und Kaiser.

Das ermutigte Bischof von Galen, erneut auf die militärische Lösung zu setzen. Am 22. Juli 1660 begann er die dritte Belagerung Münsters. Einige Tage später traf eine niederländische Delegation in Münster ein, die sich um Vermittlung bemühen wollte. Allerdings blieben die Gespräche ergebnislos.

Schließlich, die Abreise der Niederländer stand bevor, machten die Gilden Politik auf eigene Rechnung. Sie ließen die Gesandten wissen, daß sie lieber den Generalstaaten „die ganze Hand als dem Fürsten einen Finger geben" wollten. Den Stadtrat forderten die Gildevertreter auf, das Angebot der Gilden zu billigen und die Niederlande förmlich um Unterstützung zu bitten.

Die Mehrheit des Stadtrates lehnte dies zunächst ab. Am 16. September 1660, der Stadtrat tagte zusammen mit den Alder- und Meisterleuten, versammelte sich eine Menge von „lauter gemeinem und geringem Volk" vor dem Rathaus. Den Ratsherren wurde angedroht, es werde „Hälse kosten", wenn sie dem Drängen der Gilden nicht nachkämen.

Unter dem Druck der Straße gab der Stadtrat nach. Am Tag darauf wurde den niederländischen Gesandten ein Schriftstück übergeben, in dem die Stadt Münster die Generalstaaten um militärische Hilfe ersuchte.

Die meisten niederländischen Provinzen standen dem Begehren wohlwollend gegenüber. Nur die Provinz Holland verweigerte ihre Zustimmung. Und ohne Holland waren die Generalstaaten nicht handlungsfähig.

Damit war Münster seiner letzten Hoffnung beraubt. Langsam setzte sich die Erkenntnis durch, daß man gegen Bischof von Galen nicht gewinnen konnte. Am 26. März 1661 unterwarf sich Münster förmlich seinem Landesherrn und versprach, alle Verbindungen zu den Niederlanden abzubrechen.

Handlung und Personen in meinem Roman sind fiktiv. Soweit Beteiligte des Friedenskongresses auftreten, habe ich mich an dem vorhandenen Material orientiert. Dies gilt für den spanischen Grafen Peñaranda, der vollständig Don Gaspar de Bracamonte y Guzman, Conde de Peñaranda hieß, den französischen Grafen d'Avaux und die Herzogin von Longueville.

Anne-Geneviève de Bourbon-Condé, Herzogin von Longueville, war nicht nur die schillerndste Persönlichkeit des Kongresses, sie sollte auch in der französischen Politik noch eine Rolle spielen. Im Aufstand der Fronde gegen Kardinal Mazarin und den minderjährigen König Louis XIV., wenige Jahre nach dem Ende des Friedenskongresses, unterstützte sie ihren Bruder, Prince de Condé. Als der Aufstand niedergeschlagen und ihr Mann verhaftet wurde, floh die Herzogin nach Rotterdam. Später kehrte sie nach Paris zurück, wo sie 1679 als überzeugte Jansenistin (Anhängerin einer katholischen Reformbewegung) starb.

Die bedeutendste münstersche Gestalt des 17. Jahrhunderts war der Stadtarzt und Dichter Bernhard Rottendorff. Er verfaßte neben zahlreichen medizinischen Traktaten auch Gedichte (in lateinischer Sprache) und fungierte als Herausgeber wissenschaftlicher Werke, deren Themen von der Medizin über die Floristik bis hin zu Geschichte und Theologie reichten. Er philosophierte mit dem Domdechanten Bernhard von Mallinckrodt (der bei der Wahl zum Fürstbischof gegen Christoph Bernhard von Galen unterlag) und besaß eine umfangreiche Bibliothek, die er auswärtigen Gelehrten zur Verfügung stellte.

Rottendorffs Heilkunst war weithin berühmt. Der Kölner Erzbischof und Kurfürst Ferdinand von Bayern (der gleichzeitig als Fürstbischof des Stiftes Münster amtierte) holte ihn ebenso zu Hilfe wie der Osnabrücker Fürstbischof Franz Wilhelm von Wartenberg. Während des Friedenskongresses behandelte Rottendorff auch ausländische Gesandte. Seine im Text verwendeten „Regenwurm-Rezepte“ sind authentisch.

Doktor Rottendorffs Interessen gingen jedoch noch weiter. Lange Jahre war er Mitglied des münsterschen Stadtrates und vertrat, aufgrund seiner hervorragenden Kontakte, Münster auf diplomatischem Parkett.

Daß sich der liberale Humanist Rottendorff, der auch gute Beziehungen zu den lutherischen Kriegsparteien pflegte und einigen Ärger bekam, als die schwedische Gesandtschaft in seinem Haus Messen nach reformiertem Ritus feierte, persönlich für einen umfassenden Friedensschluß einsetzte, versteht sich fast von selbst. Als Vorwort zu einem Buch über Blumenzucht, das ein italienischer Jesuit verfaßt hatte und das Rottendorff 1646 in einem Amsterdamer Verlag herausbrachte, schrieb er einen Friedensappell an die in Münster versammelten Kongreßteilnehmer.

Es sei, so Rottendorff, Gewissenspflicht, die bluttriefenden

Waffen abzulegen und einen allgemeinen Friedensbund zu schließen. Schließlich ermahnte er die ausländischen Gesandten: „Wann ihr auch gleich keine Deutsche seid, so solltet ihr doch Christen sein, deren größtes und vornehmstes Gesetz ist, Liebe gegen Gott und den Nächsten zu üben. Setzet doch dem zweifelhaften Sieg nicht weiter nach, höret auf, die Glieder des Herrn Christus so häßlich zu verletzen und mit Unterdrückung der Armen groß Geld und Gut oder Ruhm zu suchen. Das sind wahrlich traurige Siegeszeichen, welche mit unserer Mitbürger Zähren und Blut erbaut werden!"

# Literatur


Sabine Alfing: Hexenjagd und Zaubereiprozesse in Münster, Münster 1991

Paul Bahlmann: Jesuiten-Dramen der niederrheinischen Ordensprovinz, Leipzig 1896

Fernand Braudel: Sozialgeschichte des 15.–18. Jahrhunderts – Der Alltag, München 1985

Wolfgang Bruhn, Max Tilke: Kostümgeschichte in Bildern, Wiesbaden o. J.

Fabio Chigi: Gedichte (zu seinem Aufenthalt in Münster von 1644–1649), herausgegeben von der Stadt Münster, Münster 1975

Fritz Dickmann: Der Westfälische Friede, Münster 1972

Werner Frese, Christian Wermert: Senden. Eine Geschichte der Gemeinde Senden, Senden 1992

Günter Grass: Das Treffen in Telgte, Darmstadt/Neuwied 1979

Alwin Hanschmidt: Zwischen bürgerlicher Stadtautonomie und fürstlicher Stadtherrschaft, in: Geschichte der Stadt Münster, Band 1, Münster 1993

R. Po-chia Hsia: Gesellschaft und Religion in Münster 1535–1618, Quellen und Forschungen zur Geschichte der Stadt Münster, Neue Folge, 13. Band, Münster 1989

Sigrid und Wolfgang Jacobeit: Illustrierte Alltagsgeschichte des deutschen Volkes 1550 - 1810, Köln 1988

Helmut Lahrkamp: Französische Ballettaufführungen, in: Ex officina literaria, Münster 1968

Helmut Lahrkamp: Münster im Tagebuch des Basler Bürgermeisters Wettstein; Der Aufenthalt der Herzogin von Longueville in Münster, in: Quellen und Forschungen zur Geschichte der Stadt Münster, Neue Folge, 5. Band, Münster 1970

Helmut Lahrkamp (Hg.): Münsters Bevölkerung um 1685, Quellen und Forschungen zur Geschichte der Stadt Münster, Neue Folge, 6. Band, Münster 1972

Helmut Lahrkamp: Ein Arzt und Dichter im Barockzeitalter. Aus dem Leben des Dr. med. Bernhard Rottendorff, in: Quellen und Forschungen zur Geschichte der Stadt Münster, Neue Folge, 15. Band, Münster 1991

Helmut Lahrkamp: Münster als Schauplatz des europäischen Friedenskongresses (1643–1649), in: Geschichte der Stadt Münster, Band 1, Münster 1993

Helmut Lahrkamp: Dreißigjähriger Krieg – Westfälischer Frieden, Münster 1997

Bernd Schönemann: Die Bildungsinstitutionen in der frühen Neuzeit, in: Geschichte der Stadt Münster, Band 1, Münster 1993

Stadt Münster (Hg.): Das Rathaus, Münster 1988

Günter Wiegelmann (Hg.): Wandel der Alltagskultur seit dem Mittelalter, Münster 1987

Günter Wiegelmann, Ruth-E. Mohrmann (Hg.): Nahrung und Tischkultur im Hanseraum, Münster 1996